ESTE LIVRO É ANTIRRACISTA

20 LIÇÕES SOBRE COMO SE LIGAR, TOMAR UMA ATITUDE E IR À LUTA!

TIFFANY JEWELL

ILUSTRAÇÕES DE
AURÉLIA DURAND

Tradução e adaptação
NINA RIZZI

ME LIGANDO: ENTENDENDO E CRESCENDO EM MINHAS IDENTIDADES

- (10) Capítulo 1: Quem sou eu?
- (18) Capítulo 2: Quais são minhas identidades sociais?
- (24) Capítulo 3: O que é raça? O que é etnia?
- (30) Capítulo 4: O que é racismo? (Pessoal)
- (36) Capítulo 5: O que é racismo? (Institucional)

SAINDO DA BOLHA: COMPREENDENDO O MUNDO

- (46) Capítulo 6: Preconceito é pessoal
- (54) Capítulo 7: A história que carregamos
- (62) Capítulo 8: Conhecendo nossa história
- (74) Capítulo 9: Nós somos nossa história

TRAÇANDO MEU CAMINHO: TOMANDO UMA ATITUDE E REAGINDO AO RACISMO

- (86) Capítulo 10: Afrontar!
- (94) Capítulo 11: Tomar uma atitude!
- (98) Capítulo 12: Interromper!
- (106) Capítulo 13: Solidariedade
- (112) Capítulo 14: Chamar para conversar e chamar a atenção

MANTENDO A PORTA ABERTA: LUTANDO EM SOLIDARIEDADE CONTRA O RACISMO

- (120) Capítulo 15: Gastar seu privilégio
- (126) Capítulo 16: Ser aliado
- (132) Capítulo 17: Construindo relacionamentos
- (138) Capítulo 18: Ame a si mesmo!
- (142) Capítulo 19: Como crescemos
- (146) Capítulo 20: Libertação

NOTA DA AUTORA

*Você vai notar que escolhi usar "todes" em vez de "todos", e, às vezes, o sufixo "e" em algumas outras palavras, porque esses termos foram criados por comunidades ativistas e buscam sinalizar um **gênero** neutro. Dessa forma, gostaria de honrar todes que leem este livro. Essa substituição permite que todes leitores que nunca foram vistos antes se vejam aqui.[1] Vamos reunir pessoas negras, indígenas, amarelas, multirraciais e **todes da Maioria Global** porque acredito que é importante centralizar as vozes e as vidas de todas as pessoas que foram **marginalizadas**, silenciadas e propositadamente deixadas de fora da nossa história por tanto tempo. Estou construindo **solidariedade** na linguagem que escolho.*

Não uso o termo "minoria" para descrever pessoas negras, indígenas e multirraciais porque todes somos a maioria do mundo. Usar a linguagem do racismo pode reduzir o nosso pleno potencial. Pode permitir que esqueçamos nossos ancestrais e nossas raízes mais profundas; permite criar uma história que, mesmo em nossas próprias vozes, foi moldada pelo opressor.

*Como a **raça** e nossas **identidades sociais** são construídas por pessoas (e geralmente por aquelas que têm o **privilégio** de ter a Academia para apoiá-las), ainda caímos frequentemente na armadilha de nos rotular de maneiras que centralizam a branquitude e quem pertence à cultura dominante. Peço que, quando possível, use os nomes e a linguagem que honrem você, sua família e sua história. Por favor, use os nomes e a linguagem que honrem as pessoas que são continuamente silenciadas e ignoradas, as que são renomeadas e que foram destituídas de suas histórias. Recupere a linguagem e os nomes que lhes foram roubados e perdidos ao longo das décadas.*

Para você,

Escrevi este livro para você. Este livro é para todes. As palavras nestas páginas são para nossos ancestrais e para as pessoas que ainda não deveriam ser nossos ancestrais, mas infelizmente partiram cedo demais. Eu o escrevi para você, por amor à libertação e à nossa humanidade.

Este é o livro que eu gostaria de ter lido quando era mais jovem. E é o livro que vou compartilhar com meus filhos. Ele contém informações que nunca aprendi quando era jovem e que provavelmente não vão te ensinar na escola.

Escrevi estas palavras para você enquanto meu coração pesava. Doía por Emmett Till, Tamir Rice, Korryn Gaines, Michael Brown, Eric Garner, Sandra Bland, Bobby Hutton, Antwon Rose Jr, Stephon Clark, Rekia Boyd, Stephen Lawrence, Charleena Lyles, Alton Sterling, Philando Castile e Aiyana Stanley-Jones e Trayvon Martin, e por todes que honramos com *hashtags*, nossas lágrimas, nossa frustração, nossa raiva, nossa exaustão, mas também com o fogo da coragem para seguir em frente.

Meu otimismo me levou à ação e a compartilhar estas palavras com você, porque acredito que você irá à luta e ajudará a desmantelar o racismo. Nós precisamos de justiça. Ninguém deve ter seu nome como epitáfio em *hashtags*.

Minha esperança é que você use este livro como uma maneira de iniciar sua jornada na grande luta antirracista. Você está resistindo ao racismo e à **opressão** apenas abrindo estas páginas. Você está despertando uma consciência que lhe permite ver o mundo de uma maneira totalmente nova.

Alguns podem dizer que você é jovem demais para falar sobre raça. As pessoas podem dizer que você deve parar de falar sobre a cor da pele e ver todo mundo como um "cidadão global". Você pode ter sido informado de que o racismo não é mais um problema e que falar ou discutir sobre isso é errado. Algumas pessoas podem ter lhe dado a impressão de que você está errado e causando problemas. Você não está! O racismo é um problema, um problema muito sério, e precisa ser debatido, porque não desaparecerá se não fizermos nada. Você pode sim continuar com este livro e tenho muito orgulho de você por ter escolhido abrir estas páginas.

Por favor, saiba que você não está só nesta jornada. Estou aqui com você. Há muitas pessoas que estão ao seu lado, que vieram antes de você e que virão muito depois de nós. Espero que compartilhe este livro com seus amigues e familiares, porque combater o racismo realmente não é algo que você possa fazer solitariamente. Procure as **palavras e expressões sublinhadas** no glossário, ao final deste livro, se precisar de ajuda para entendê-las.

Há muitos momentos para fazer uma pausa neste livro, para que entre em contato consigo e possa crescer em seu ativismo. Você aprenderá mais sobre você, sobre nossa história, sobre como surgiu o racismo e por que ainda estamos tão profundamente envolvidos nele. Trabalharemos juntos, em solidariedade, para interromper o racismo e nos tornarmos cúmplices antirracistas. Este livro deve ser lido sequencialmente. Cada capítulo se baseia no capítulo anterior e você terá uma compreensão mais profunda de como se tornar antirracista. E, provavelmente, desejará ler e reler os capítulos. Isso é um começo. O antirracismo é uma luta permanente, para toda a vida.

Em solidariedade,
Tiffany

ANTIRRACISTA

Uma pessoa **ANTIRRACISTA** é alguém que se opõe ao racismo.

O antirracismo luta ativamente contra o racismo. Assume um compromisso de resistir às leis, políticas e atitudes racistas. É como nos libertamos de séculos vivendo em uma sociedade racializada que nos mantém separados e oprimidos.

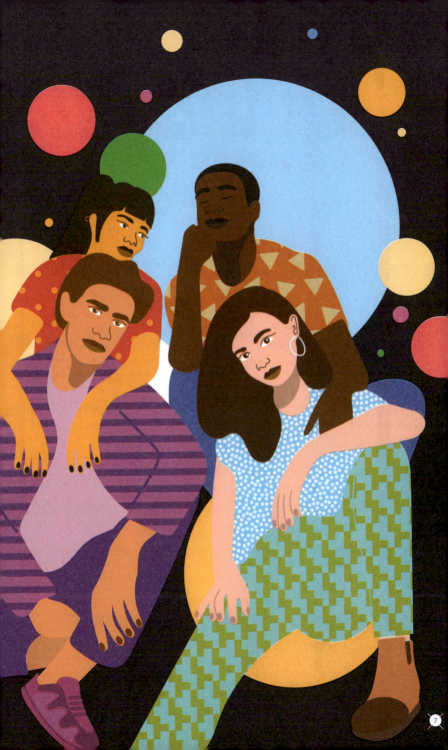

ME LIGANDO
01
QUEM SOU EU?

Quem é você?
Você é *você*.
É o único você que existe. Há tanta coisa que faz de você quem você é! Sua identidade é o que faz de você, **VOCÊ**: são todas as suas partes que o tornam único.

Você é constituído por sua família, seus amigues, sua vizinhança, sua escola, o que vê nas mídias sociais e o que lê nos livros, o que assiste e ouve, o que come, o que veste, o que sente, seus sonhos, as histórias que você não vê a hora de compartilhar e as que não quer contar e tudo no meio e ao redor.

> *VOCÊ É TUDO DENTRO DE VOCÊ E TUDO QUE TE RODEIA.*

Você é todes antepassados que vieram antes de você: os que nunca conheceu, dos quais nunca ouviu falar, que nunca viu – e as pessoas por quem passou na rua, de quem se sentou ao lado e em quem se aconchegou.

Tenho certeza de que já se perguntou: **"QUEM SOU EU?"**, e também já te perguntaram: **"QUEM É VOCÊ?"**.

Como responderia? Quanto de si você compartilha com outras pessoas – será que compartilha alguma coisa? Esta era eu aos 14 anos...

SOU TIFFANY.

•

TENHO 14 ANOS.

•

MORO EM UMA PEQUENA CASA NO ESTADO DE NOVA YORK. MORO COM MINHA MÃE E MINHA IRMÃ GÊMEA. SOU UMA GAROTA NEGRA BIRRACIAL <u>CISGÊNERA</u> QUE TEM OLHOS CASTANHOS E UM MONTE DE SARDAS. MEU CABELO É CRESPO E CRESCE, AMOROSAMENTE, DEVAGAR, COM O TEMPO. GOSTO DE LER E DE COZINHAR. ADORO DANÇAR COM MEUS AMIGUES E ESCREVER POESIA RUIM QUE SOMENTE EU VOU LER. TUDO ISSO SOU EU…

E SOU MUITO MAIS.

01 ME LIGANDO · QUEM SOU EU?

VOCÊ decide quais identidades compartilhará com o mundo e como fará isso. Você escolhe como nomear suas identidades.

Sua identidade cresce e muda, assim como você. Existem algumas coisas que são estáticas e sempre ficam com você. Minha cor de pele e as muitas sardas no meu rosto estão comigo desde que me lembro, e continuarão comigo até meus 103 anos!

Existem outras partes de nós que mudam (até diariamente). Posso usar meu cabelo para cima ou para baixo, trançado ou liso; posso mudar a cor e o comprimento dele – tudo isso são minhas escolhas.

MUITAS PESSOAS VÃO TENTAR TE ENCAIXAR EM UMA CAIXA IMAGINÁRIA

Essa caixa inclui o que chamamos de "cultura dominante". Se você é uma pessoa branca, de classe média, homem **cisgênero**, instruído, atlético, **neurotípico** e/ou sem deficiência física, você está nessa caixa (veremos tudo isso no próximo capítulo).

Se você não cabe nessa caixa, é considerado parte do que é chamado de "cultura subordinada". Estão inclusas na "cultura subordinada" pessoas negras, indígenas, multirraciais, pessoas *queer*, **transgêneras** e **não binárias**, mulheres cisgêneras, pessoas jovens, muçulmanas, judias, budistas, ateias e não cristãs, pessoas **neurodiversas**, pessoas com deficiência, pessoas que vivem na pobreza e tantas outras. Existem muito mais pessoas fora da caixa imaginária do que pessoas que cabem dentro dela.

A cultura dominante é a considerada "normal" e esse "normal" foi criado e é mantido por aqueles que estão na caixa. É essa versão do "normal" que moldou a forma como vemos a nós mesmos e o mundo ao nosso redor.

Quem é inteligente? Lindo? Merecedor? Líder? Problemático?

Muitos rótulos e definições foram criados, então parece que as pessoas se encaixam perfeitamente na caixa... ou não. Eu realmente nunca me encaixei. E você também não precisa se encaixar.

Nossas muitas identidades nos tornam quem somos. Ajudam outras pessoas a entender quem você é, e te ajudam a saber mais sobre as pessoas que estão em sua vida e no mundo. Nossas muitas identidades nos conectam e nos dividem. Entender quem você é permite que você cresça e saiba mais sobre si mesmo. Pode te dar direção e empoderamento. O mundo tentará dizer quem você é, mas você é a única pessoa que decide isso.

VOCÊ TEM O DIREITO DE SER VISTO E COMPREENDIDO COMO VOCÊ É.

Atividade:

1. Pegue um caderno (certifique-se de que é um caderno que você poderá usar sempre e que possa levar consigo). Nos próximos cinco minutos, escreva tudo o que puder pensar que faz de você quem você é.

Você está criando uma lista das suas identidades!

Eu sou/tenho...

- Mulher, mulher cis
- Negra birracial
- Pele clara
- Irmã gêmea
- Filha de pais que imigraram de outro país
- Sardenta
- Alta e magra
- Cabelos crespos
- Estadunidense
- Falo inglês
- Durmo de lado
- Alérgica
- Leitora
- Criadora
- Uso óculos
- Uso roupas confortáveis
- Chocólatra
- Teimosa
- Resistente
- Otimista
- Extrovertida que precisa de tempo pra se reenergizar
- Friorenta
- Dramática
- Estou sempre certa (pelo menos, quero estar...)
- Confusa para os outros

2.

Crie seu **mapa de identidade**. Pegue uma folha de papel ou continue em seu caderno. Escreva seu nome no centro e, a partir daí, coloque suas identidades ao redor. Sinta-se livre para ilustrar, fazer colagens ou a arte que quiser, afinal, esse é o seu mapa.

CULTURA DOMINANTE

Antes de prosseguirmos, verifique se você entendeu esse termo.

CULTURA DOMINANTE é o grupo de pessoas na sociedade que detêm o maior poder e são frequentemente (mas nem sempre) a maioria. No Brasil, nos Estados Unidos, no Reino Unido e em várias outras partes do mundo são: pessoas brancas, de classe média, cristãs e cisgêneras. A cultura dominante é responsável pelas <u>instituições</u>. Ela estabeleceu comportamentos, valores e tradições que são considerados aceitáveis e a "norma" nos mais diversos países.

ME LIGANDO

02

QUAIS SÃO MINHAS IDENTIDADES SOCIAIS?

SUAS MUITAS IDENTIDADES SÃO PARTES DE TODO O SEU EU: UMA PARTE SOZINHA NÃO DEFINE QUEM VOCÊ É.

Algumas dessas partes você cria para si mesmo. Outras partes da sua identidade foram criadas pela sociedade. **SOCIEDADE** é outra maneira de dizer comunidade. Essas identidades foram criadas, nomeadas, estruturadas e definidas pela sociedade há muito tempo. Nós as chamamos de identidades sociais. Sua identidade social é como você se relaciona com outras pessoas na sociedade (por exemplo, no seu bairro, na sua cidade ou no seu país). Grande parte de nossa cultura vem de nossas identidades sociais e dos grupos aos quais pertencemos.

CATEGORIAS

Nossas identidades sociais são divididas em conjuntos, ou categorias, nas quais somos agrupados. Essa nem sempre é uma escolha nossa. Outras pessoas podem colocar você em categorias, mesmo que você não se identifique da mesma maneira. Essa é uma forma de tentar entender você e outras pessoas como você. É assim que nossas comunidades e países foram criados há séculos. Embora as categorias de identidade social possam nos ajudar a ver e entender a nós mesmos e às pessoas ao nosso redor, elas também determinam como os outros vão nos tratar. É nosso trabalho aprender e agir.

Primeiro, pergunte-se: quais são essas identidades sociais e por que elas existem? Analise-as com um olhar crítico e consciente, e depois trabalhe para entender por que essa é a nossa situação atual.

Neste livro, focaremos principalmente em nossas identidades raciais. Mas existem muitas categorias em nossas identidades que afetam a maneira como interagimos com a sociedade. Você pode estar familiarizado com as seguintes:

RAÇA
ETNIA
CLASSE
SOCIOECONÔMICA
GÊNERO
IDADE
IDIOMA
RELIGIÃO
ORIENTAÇÃO SEXUAL
NACIONALIDADE
HABILIDADES
ESTRUTURA FAMILIAR

As partes da sua identidade que você percebe e sobre as quais está mais consciente no dia a dia são as que podem mudar, dependendo de onde você está, com quem está e das experiências que continua tendo vida afora. As identidades nas quais você não pensa muito e até aquelas que nem percebe são as que estão sempre com você.

PRIVILÉGIO

Algumas identidades sociais possuem poder e privilégio, outras não. Equilibram-se dentro de nós partes que têm algum poder e outras partes que são oprimidas. É por isso que trabalhamos para entender nossas identidades na sociedade: precisamos sempre examinar todo o nosso ser. As identidades que cabem perfeitamente na caixa imaginária são geralmente as que têm mais poder e **agência**.

Um exemplo de instância na qual tenho algum poder é o idioma que falo. Se vivo em um país onde o idioma mais falado é o meu, posso ler e entender placas e instruções. Posso entrar em uma escola ou loja e as pessoas que vão me atender provavelmente saberão o que estou falando. Não preciso me preocupar.

Privilégio é o benefício que você recebe devido à sua proximidade com a cultura dominante. Por exemplo: um homem branco, **heterossexual**, cisgênero, não deficiente, considerado bonito e que fala o

02 ME LIGANDO - QUAIS SÃO MINHAS IDENTIDADES SOCIAIS?

idioma dominante no país em que vive tem mais privilégios do que uma mulher transgênera negra. As pessoas com privilégio têm poder sobre outras. Nem todo mundo tem privilégio. Todos que não se beneficiam das suas identidades sociais, que estão na cultura subordinada, têm pouco ou nenhum privilégio e poder.

Algumas de nossas identidades possuem privilégios e desvantagens ao mesmo tempo. Por ser uma mulher cis, não tenho que pensar qual banheiro vou poder usar. Eu tenho agência.

Mas, como sou mulher, não tenho os mesmos privilégios que um **homem cis** tem. É muito provável que eu seja negligenciada para assumir cargos de liderança e receba menos pelo mesmo trabalho. Enquanto muitos homens heterossexuais cis podem caminhar sozinhos e com confiança à noite, eu não posso fazer o mesmo sem sentir algum medo de ser violada.

Ainda que eu não tenha os mesmos privilégios de um homem cisgênero branco, tenho privilégios que pessoas trans e não binárias não têm, porque minha **identidade cisgênera** está mais próxima da cultura dominante.

INTERSECCIONALIDADE

Analisando por meio da interseccionalidade, é mais fácil entender como as identidades sociais afetam a nossa vida. Kimberlé Crenshaw, advogada negra, escritora, pesquisadora e ativista dos direitos civis, cunhou o termo "interseccionalidade" em 1989 para nos ajudar a entender melhor que ser mulher e negra cria mais opressões do que apenas ser mulher.

02 ME LIGANDO - QUAIS SÃO MINHAS IDENTIDADES SOCIAIS?

A mulher negra é **marginalizada** duplamente: porque é mulher e porque é negra. Suas experiências se sobrepõem e causam grandes danos. Quando você olha para uma pessoa através de uma única lente, só pode entender limitadamente suas experiências.

*QUANDO VOCÊ OLHA TODAS AS PARTES DE UMA PESSOA E AS FORMAS COMO SÃO OPRIMIDAS, PODE COMPREENDER MELHOR COMO A **DISCRIMINAÇÃO** AVANÇA PROFUNDAMENTE.*

Saber quem somos, onde mantemos agência, como nossas identidades surgiram e como elas determinam nossos papéis na sociedade nos ajuda a entender a nós mesmos e como podemos mudar um sistema em que algumas pessoas têm privilégios e poder enquanto outras têm recursos insuficientes e são oprimidas; mudar para que todos sejamos libertos (aprenderemos mais sobre privilégios nos capítulos 15 e 17).

Atividade:

Pegue seu caderno. Crie uma lista das **categorias de identidade social** mencionadas neste capítulo. Você pode pensar em mais algumas? Anote suas identidades nessas categorias socialmente construídas.

Reflita:

O que você percebe? Quais partes de você têm poder e privilégio na sua comunidade? Quais partes da sua identidade existem fora da cultura dominante?

FIQUE FIRME!
IDENTIDADE RACIAL
PRIVILÉGIO
PODER
DISCRIMINAÇÃO
COMUNIDADE
IDENTIDADE SOCIAL
QUEM SOU EU?

ME LIGANDO 03

**O QUE É RAÇA?
O QUE É ETNIA?**

Neste livro, quando falamos sobre raça, estamos nos referindo à nossa cor da pele. As pessoas estão divididas há séculos com base nas diferenças de tom de pele, textura do cabelo, características faciais e herança cultural.

> *O CONCEITO DE RAÇA NÃO É BASEADO NA CIÊNCIA, É UMA CRIAÇÃO DA SOCIEDADE.*

As categorias de raça foram criadas, ao longo de muitos anos, por pessoas da cultura dominante. Em meados dos anos 1700, cientistas europeus passaram a classificar as pessoas da mesma maneira que categorizavam plantas e animais. Ainda estudamos alguns desses cientistas nas escolas, como Carl Linnaeus e Johann Friedrich Blumenbach.[2] A "ciência" deles criou uma hierarquia de seres humanos, que colocou os europeus de pele mais clara no topo. Os povos indígenas e as pessoas de pele mais escura foram desvalorizadas.

As categorias raciais no Brasil incluem: pessoas indígenas (ou nativos indígenas, ou povos originários), pessoas negras (ou afro-brasileiras), brancas, amarelas (ou américo-asiáticas) e multirraciais (também inclusas aí as birraciais). O termo "pardo" para referir-se às pessoas multirraciais é bastante problemático, e desde a colonização é usado como estratégia de **embranquecimento racial** da população. Por isso, não usamos o termo neste livro.

Sua cor de pele, assim como muitas de suas características, foi passada de geração em geração. Todes com ascendência africana têm

mais melanina do que aqueles com ascendência europeia. A melanina é o pigmento em nossa pele que nos protege dos raios UV do Sol e tem influência na absorção da vitamina D.

O termo "branco" inclui pessoas com ancestrais europeus, em particular do Norte da Europa. Pessoas brancas têm menor quantidade de pigmentação de melanina. O termo "negro" inclui todos com ancestrais principalmente da África, mas também da Jamaica, República Dominicana, Haiti e outros países do Caribe. O termo "amarelo" inclui todos com ascendência asiática. O termo **latines**[3] se refere a todos que são naturais ou têm ancestrais de países que foram colonizados por nações latinas (Espanha, Portugal, França). O termo "indígena" se refere a todos cujos ancestrais foram as primeiras pessoas a habitar uma terra ou área específica. "Birraciais" e "multirraciais" têm ascendência de duas ou mais categorias raciais diferentes. O termo *pessoas de cor*, em tradução literal do inglês *"people of colour"*, se refere a todas essas categorias juntas, com exceção da branca, enfatizando

experiências comuns de racismo institucional (veremos no capítulo 5). Esse termo é adotado amplamente por ativistas e autores de referência, como a caribenha-estadunidense Audre Lorde. Vale lembrar que, no Brasil, por muito tempo, a expressão "pessoa(s) de cor" teve conotação pejorativa e, dependendo do contexto de uso, ainda carrega conotação violenta.

ETNIA

Raça e etnia são conceitos que frequentemente se confundem. Sua identidade étnica é sua identidade cultural. Essa também é uma **construção social**. Ao contrário da raça, que analisa especificamente suas características físicas, a etnia se concentra nas heranças cultural e ancestral de sua família – como idioma, tradições e história – para colocá-lo em categorias. Alguns exemplos de etnias são: nipo-brasileira, Guarani Kaiowá e sudanesa. Muitas vezes, o lugar de onde você é determina em parte sua etnia.

Essas divisões, bem como a definição de raça, mudaram e con-

03 ME LIGANDO - O QUE É RAÇA? O QUE É ETNIA?

tinuam mudando. Por exemplo, no passado, as pessoas usavam o termo caucasiano para se referirem às pessoas com falta de melanina. A palavra foi popularizada no final dos anos 1800 pelo **antropólogo** alemão que mencionamos anteriormente, Johann Friedrich Blumenbach. Ele se referiu aos europeus e às pessoas que viviam na região do Cáucaso como "a raça mais bonita dos homens"[4] (isso, obviamente, foi baseado na opinião dele e não em dados científicos). Portanto, neste livro, iremos nos referir às pessoas brancas como brancas.

Outro exemplo de como os nomes das categorias foram alterados é o termo "mulato". Quando eu era criança, muitas pessoas (incluindo professores e família) se referiam a mim usando essa palavra, ao invés de me chamar de birracial. "Mulato" significa mula jovem. Acreditava-se que crianças filhas de negros com brancos eram como a mula, animal híbrido (e estéril), resultado do cruzamento de duas espécies diferentes. Embora a palavra "mulato" ainda seja usada, ela é inaceitável. Eu sou uma pessoa inteira.

As categorias oficiais de raça mudam dependendo de onde você está no mundo.

Como vimos anteriormente, no Brasil existem cinco categorias de raça. Nos Estados Unidos também existem cinco categorias: indígenas estadunidenses ou nativos do Alasca, asiáticos, brancos, negros ou afro-americanos, e nativos do Havaí e outras ilhas do Pacífico. Na África do Sul, as categorias raciais são: negro africano, *coloured* (todes que são birraciais ou multirraciais), indiano ou asiático, branco e outros.

Na Inglaterra, as categorias para pessoas são uma mistura de identidades raciais e étnicas. Elas incluem: brancos, mistos/múltiplos grupos étnicos, asiáticos/ asiáticos-britânicos, negros/ africanos/ caribenhos/ negros-britânicos e "outros" grupos étnicos.

Refletir como cada país tem uma maneira diferente de classificar as pessoas nos mostra que **RAÇA E ETNIA REALMENTE SÃO CONSTRUÇÕES SOCIAIS.**

03 ME LIGANDO - O QUE É RAÇA? O QUE É ETNIA?

As palavras que uso para descrever minha raça mudaram ao longo dos anos. Meu pai é negro e minha mãe é branca. Tenho pele marrom-clara, muitas sardas no rosto, olhos castanhos e cabelos crespos. Minha identidade étnica abrange tudo o que sei sobre nosso histórico familiar: ingleses, afro-americanos, franceses, irlandeses e (me disseram) Sioux. Quando eu era criança, nosso distrito escolar nos rotulava de brancas. Talvez porque eu morava com minha mãe branca? Por causa da minha pele clara? Para preencher uma estatística? Não sei. Eu sou negra birracial.[5]

Raça é algo confuso. Obviamente, não há evidências científicas que comprovem que as pessoas com pele mais clara são mais inteligentes, mais bonitas e melhores. Mas é assim que nós, como espécie, temos feito as coisas há séculos. Ta-Nehisi Coates escreveu em *Entre o mundo e eu*:

"A RAÇA É A FILHA DO RACISMO, NÃO A MÃE"

Fomos ensinados a categorizar as pessoas com base na cor da pele, na nação de origem e nas características físicas de indivíduos com mais poder. As pessoas da cultura dominante criam há séculos leis, políticas e instituições para garantir a manutenção desse poder. Veremos isso com detalhes nos próximos capítulos.

Atividade:

Pegue seu caderno ou um pedaço de papel, sua caneta favorita e encontre um lugar onde você possa pensar sem que te interrompam.

Respire fundo e reflita sobre **suas próprias raça e etnia**. Você pode usar estas perguntas como guia:

1. O que você sabe sobre sua identidade étnica?

2. Você conversa sobre isso com sua família e amigues?

3. Você pensa sobre a sua raça? (Com que frequência?)

4. Você também pensa sobre a sua identidade étnica?

5. Você sente que suas identidades racial e étnica são semelhantes? Elas estão em harmonia?

RESPIRE FUNDO.

ME LIGANDO

04

O QUE É RACISMO?
(PESSOAL)

Alguém descreveu o racismo para mim como "a fumaça que respiramos". Está em tudo à nossa volta; o racismo está em todo lugar. Nossas vidas estão poluídas pelo racismo e isso prejudica a todes nós. Quanto mais estivermos cientes dessa poluição do racismo, mais bem preparados nos tornaremos para combater esse modo tóxico de ser.

Quando as pessoas ouvem a palavra *racismo*, ideias diversas surgem, por conta das múltiplas explicações e interpretações existentes. Todo mundo tem seu próprio entendimento e crenças a respeito do racismo. Alguns pensamentos com os quais você pode estar mais familiarizado são:

RACISMO É UM SISTEMA DE VANTAGENS E DESVANTAGENS BASEADO NA RAÇA

PRECONCEITO + PODER = RACISMO

PRECONCEITO OU DISCRIMINAÇÃO CONTRA ALGUÉM COM BASE EM SUA RAÇA

A CRENÇA DE QUE AS PESSOAS DE CADA RAÇA TÊM CARACTERÍSTICAS DIFERENTES. POR CONSEQUÊNCIA, ALGUNS ACREDITAM QUE EXISTAM PESSOAS **INFERIORES** E **SUPERIORES**.

O racismo é o preconceito e o viés pessoal, MAS TAMBÉM é **sistêmico**: com violações e abuso de poder praticados pelas instituições. Quando me refiro ao racismo, esta é a definição que estou usando.

04 ME LIGANDO - O QUE É RACISMO? (PESSOAL)

Ter esse entendimento do racismo nos permite enxergar como ele realmente afeta todas as nossas vidas. Temos muito trabalho pela frente para quebrar esse sistema.

O RACISMO NÃO É APENAS PRECONCEITO!

Todo mundo tem preconceitos ou **vieses**. Estes são os nossos julgamentos: estamos discriminando algumas coisas. Alguns de nossos preconceitos são conscientes e outros não. São coisas que aprendemos, e nos apropriamos de tudo ao nosso redor. Isso inclui os **estereótipos** que testemunhamos. Se você está na cultura dominante ou não, isso também contribui para a manutenção de seus preconceitos. Começamos a formar preconceitos aos dois anos de idade.[6] Nossos vieses são absorvidos, nós os aceitamos e então se tornam parte de nosso sistema de crenças. Mas eles podem mudar.

BELEZA

Em muitos lugares do mundo, as pessoas absorveram o viés de que a pele clara e os traços europeus são os mais desejáveis. As pessoas brancas são consideradas o padrão de beleza (isso soa familiar para você? Podemos agradecer a Linnaeus e Blumenbach por isso). Por centenas de anos, as pessoas acreditaram e transmitiram a crença de que todos com pele mais escura são inferiores. Aqueles com a pele mais clara foram tratados da melhor maneira, tiveram mais poder e continuam transmitindo o viés de que a pele clara é superior. Para ser considerado bonito, para caber na caixa do que é considerado "normal", algumas pessoas tentam clarear a pele com cremes e algumas usam produtos químicos para alterar a estrutura de seus cabelos.

Passei vários anos da minha adolescência forçando meus cabelos naturalmente crespos a serem cabelos lisos de "pessoas brancas".

Isso custou muito dinheiro à minha mãe, e eu perdi muito

04 ME LIGANDO - O QUE É RACISMO? (PESSOAL)

tempo sentada na cadeira da cabeleireira, o que me causou muita dor na cabeça. A esteticista colocava uma série de produtos químicos no meu couro cabeludo para reorganizar meus cachos, desfazer a textura natural e, depois de várias horas, alisava meus cabelos com um ferro muito quente. Este efeito não durava muito tempo. Após cerca de seis semanas, meu cabelo começava a crescer e minhas raízes crespas reapareciam. O processo de tentar não ter cachos causou queimaduras no meu couro cabeludo (que levou semanas para cicatrizar) e meu cabelo quebrou muito. Continuei assim até os 15 anos, quando um garoto que tinha o armário ao lado do meu na escola viu meus cachos molhados depois de eu nadar. Ele perguntou: "Por que você não deixa seu cabelo assim?". Eu não tinha uma boa resposta para ele, ou para mim mesma. Mantive meus cachos naturais depois disso. Meu preconceito contra meus próprios cabelos crespos e meu desejo de parecer mais com meus colegas brancos me fizeram não gostar de uma parte de mim.

Fomos condicionados ao viés da branquitude. Nós podemos desfazer isso. As pessoas desempenham um grande papel na manutenção do racismo. Se não trabalharmos para reconhecer nossos preconceitos, permaneceremos parte do problema. Quando tomamos consciência de nossos vieses e de nosso papel no racismo, começamos a entender como fazemos parte de um sistema muito maior que nós.

O RACISMO FAZ PARTE DA NOSSA SOCIEDADE, MAS NÃO DEVE FAZER.

Atividade:

Desenhe uma linha no meio de uma página do seu caderno. De um lado, escreva "EU SOU..." e, do outro, "E EU TAMBÉM SOU..."
Pense em todas as identidades que você preencheu na coluna "Eu sou". Na coluna "E eu também sou...", mostre como você é mais do que apenas essa identidade e fale a verdade sobre quem você é.

Eu sou...	*E eu também sou...*
• uma irmã gêmea	• eu mesma.
• de pele clara	• negra.
• birracial	• uma pessoa inteira.
• filha de pais que imigraram de outro país	• orgulhosa da história da minha família.
• sardenta	• apaixonada pela minha melanina extra.

ME LIGANDO

O QUE É RACISMO?
(INSTITUCIONAL)

O que não sabemos, nossa falta de informação e conhecimento, contribuem com nossos preconceitos e vieses.

Muitas pessoas, períodos e movimentos foram deixados de fora da história. As histórias quase sempre foram contadas por aqueles da cultura dominante. Quando você não vê pessoas negras e multirraciais na TV e no cinema, quando as histórias delas não constam nos nossos livros de História, você começa a tirar suas próprias conclusões sobre o motivo pelo qual você só vê regularmente autores, atores, atrizes e modelos brancos. Isso se torna normal, e é fácil aceitar como algo natural da vida.

Quando você lê apenas um relato da História através de uma única lente, não conhece toda a verdade.

Em muitas escolas, sequer aprende-se sobre a diversidade de povos indígenas que habitam e habitaram nossas cidades e Estados. O pouco que se aprende costuma se referir a apenas algumas etnias. E, geralmente, é sobre como eram esses povos – no passado. Será que nossos professores convidaram alguém de um povo indígena para falar em nossa sala de aula, nos mostraram fotos, vídeos ou leram narrativas e artigos de autores, artistas e ativistas pertencentes aos povos originários? Por isso, como ocorre a muitos

FAZEMOS SUPOSIÇÕES COM BASE NAQUILO QUE NÃO VEMOS E NÃO SABEMOS

estudantes, pode-se ter a impressão de que os povos nativos existiram apenas no passado.

Se histórias de resistência e realizações são propositadamente deixadas de fora de nossos livros de História ou contadas a partir da perspectiva daqueles que pertencem à cultura dominante, não temos voz. Ninguém sabe quem somos e que existimos. O legado que nos resta é aquele que nos foi contado pelos opressores.

O Partido dos Panteras Negras criou o programa Café da Manhã Gratuito para Crianças, presente em muitos bairros e escolas estadunidenses. Mas podemos conhecer o Partido dos Panteras Negras apenas pelas manchetes tendenciosas dos jornais. Você pode ver fotos deles apenas sendo presos e tirar suas próprias suposições de que foram violentos. Saber quem são os membros do Partido dos Panteras Negras, seus objetivos para o seu povo e aprender sobre sua resistência nos permite ser melhores administradores da verdade. Se eu não tivesse ouvido as próprias palavras deles, eu nunca saberia.

O QUE SÃO INSTITUIÇÕES?

Alguns exemplos de instituições: o governo, mídias e entretenimento, empresas, bancos, moradia, sistema de justiça criminal, educação e assistência médica. As instituições criam leis, políticas, programas sociais e regras. Pessoas compõem essas instituições. Juntas, as pessoas e nossas instituições criam uma sólida estrutura de racismo por meio de políticas, regras e oportunidades que dão mais recursos a um grupo do que a outro. Aqui estão alguns exemplos.

Trabalho

Embora a discriminação no local de trabalho seja ilegal, ela ainda acontece. De acordo com estudos recentes[7], 67% de profissionais negros perderam uma vaga de emprego por causa de sua cor de pele no Brasil. A discriminação por gênero e aparência física também foram motivos citados pelos entrevistados no estudo.[8] Outro estudo recente aponta que, apesar de serem 55,8% da população brasileira, as pessoas negras e multirraciais representam 64,2% dos desempregados do país; já a disparidade de renda de pessoas brancas para negras e multirraciais é de 73,9%. E quando comparamos um homem branco com uma mulher negra esse percentual aumenta ainda mais: os homens ganham 31,9% mais que mulheres negras.[9]

Em diversos países, como nos Estados Unidos e no Brasil, as empresas e corporações podem ter códigos de vestimenta, que incluem regras muito rígidas sobre o tipo de roupa que você pode usar, se pode ter tatuagens e *piercings* visíveis, e como usa seu cabelo. Os empregadores podem criar diretrizes sobre "penteados neutros" e, se uma pessoa não puder aderir a elas, pode ser solicitada a mudar ou ser demitida. As empresas devem respeitar as diferenças raciais sob a lei que define os crimes resultantes de racismo; no entanto, as empresas podem ter políticas que digam especificamente que tipos de penteados são e não são permitidos. Ainda é permitido para os empregadores, por exemplo, proibir *dreadlocks*. (Essa é uma política antinegra). No Brasil, todas as instituições militares proíbem os penteados que não sejam "neutros", bem como maquiagem (e até esmaltes), no caso de mulheres. Há escolas militares de Ensino Fundamental e Médio que proíbem alunas de usarem penteados afro, os quais são muito queridos por alunas negras e multirraciais. Até 2018, a Marinha dos EUA proibia *dreadlocks*, tranças e *topknots* (coques no topo da cabeça), que são estilos geralmente usados por mulheres negras. Na Inglaterra, empresas e corporações podem definir os códigos de vestimenta que quiserem, respeitando as diferenças raciais ou não.

Moradia

O bairro mais rico de Londres, Kensington & Chelsea, é também onde se concentra a maior desigualdade de renda entre os moradores da cidade. As casas são caríssimas, e algumas das únicas habitações acessíveis para indivíduos pobres da classe trabalhadora eram as moradias populares do edifício de 24 andares *Grenfell Tower*. Enquanto as pessoas que moravam a apenas uma rua de distância podiam habitar lugares seguros, os moradores de *Grenfell* foram repetidamente ignorados quando se queixaram das más condições e dos materiais baratos usados para a manutenção do edifício. Ninguém levou a sério as reclamações dos moradores. Até que, em 14 de junho de 2017, um incêndio começou em um apartamento no quarto andar. À medida que a torre foi rapidamente tomada pelas chamas, muitos moradores ficaram presos e 72 pessoas (principalmente negras e multirraciais, e vivendo na pobreza[10]) morreram.

A discriminação na moradia não é um problema exclusivo da Inglaterra. É uma questão global. Na cidade de Filadélfia, Estados Unidos, as pessoas negras têm três vezes menos chances que seus colegas brancos de receber um empréstimo.[11] Enquanto 69% das pessoas brancas têm casa própria, apenas 44% das negras possuem e, há mais de uma década, a propriedade de casas por pessoas negras está em declínio.[12] A cidade de Flint, no Michigan, tem uma das maiores proporções de residentes da Maioria Global (57% deles são negros/afro-americanos) dos

Estados Unidos. Lá, as pessoas não têm suprimento de água limpa e segura para beber desde abril de 2014.[13] Em todo o Brasil, enquanto 27,9% das pessoas brancas vivem em domicílios sem serviço de saneamento básico – coleta de esgoto e de lixo e fornecimento de água –, a proporção sobe para 44,5% entre pessoas negras e multirraciais.[14]

Governo e Justiça

Na África do Sul, em 1948, o governo estava sob o comando do Partido Nacional, formado por colonialistas brancos. Esse governo promulgou o sistema do Apartheid de 1948 a 1990. O Apartheid era o racismo legalizado, e tinha como objetivo manter as pessoas segregadas com base em sua raça, garantindo, ao mesmo tempo, poder às pessoas brancas. Mais adiante, no capítulo 8, você saberá mais sobre Stephen Lawrence e sobre como o sistema de justiça criminal da Inglaterra abusou de seus privilégios. Foram necessários 19 anos para condenar os assassinos de Stephen e, mesmo assim, apenas dois dos cinco envolvidos no ataque foram condenados.

Após inquérito sobre a Polícia Metropolitana de Londres, os resultados constataram que o departamento de polícia defendeu o "racismo institucional".[15]

Cláudia Silva Ferreira tinha 38 anos em 2014 e estava indo comprar alimento para os filhos, no Morro da Congonha, em Madureira, zona norte do Rio de Janeiro, quando foi baleada por policiais. Foi assassinada e arrastada por 350 metros pela viatura da Polícia Militar. Seis anos depois do crime, nenhum dos policiais acusados do homicídio e da remoção do cadáver de Cláudia foi punido. A grande maioria das pessoas mortas por intervenções policiais no Brasil são negras. Segundo o Fórum Brasileiro de Segurança Pública, entre 2017 e 2018, dos 6.220 registros de mortes por intervenções policiais daquele ano, 75,4% eram pessoas negras.[16]

Educação

Enquanto mais de 50% dos estudantes de escolas públicas dos Estados Unidos são da Maioria Global, menos de 20% dos seus professores o são.[17] É mais provável que os professores enviem

0 5 ME LIGANDO - O QUE É RACISMO? (INSTITUCIONAL)

estudantes negros e multirraciais para detenção por serem "desrespeitosos".[18] Isso é sustentado por regras que não permitem que os estudantes usem penteados naturais, por currículos que não refletem nossas culturas e por uma rede de ensino predominantemente branca. Crianças negras, asiáticas, birraciais, multirraciais e indígenas têm o dobro da probabilidade de seus colegas brancos de serem suspensas ou até mesmo detidas em suas escolas. Na Inglaterra, apenas 1,5% dos estudantes do primeiro ano de Cambridge e 1,2% da Universidade de Oxford eram da Maioria Global em 2017.[19] Embora esse percentual seja muito maior no Brasil e Estados Unidos, fica evidente que, em vários países, pessoas da Maioria Global têm menos acesso à universidade do que estudantes brancos.[20]

Saúde

Há uma longa história de racismo na medicina ao redor do mundo: da experimentação forçada e antiética nos povos escravizados aos imigrantes que têm acesso negado ao sistema de saúde devido à falta de cidadania.[21] Vieses pessoais mantidos pelos médicos e a **opressão** histórica da Maioria Global não apenas levaram a uma profunda desconfiança em relação aos médicos, mas também a uma menor expectativa de vida dessas pessoas. Cerca de 4% dos médicos nos EUA são negros e 6% são latines.[22] No Brasil, cerca de 18% dos médicos são negros e multirraciais.[23] Os médicos brancos têm maior probabilidade de expor racismo, o que afeta o tratamento dos pacientes.[24] Estudos mostraram que um dos vieses mantidos é a crença de que pessoas negras têm maior tolerância à dor, o que resulta em médicos que não acreditam nelas quando procuram ajuda.[25] Assim, pacientes da Maioria Global recebem um tratamento desigual e desrespeitoso em relação a pacientes brancos com os mesmos sintomas.[26] [27] Isso leva a um sentimento de inferioridade **internalizado** nesses pacientes, e a uma menor probabilidade de eles buscarem ajuda desses profissionais.

Lembre-se: as instituições confiam nas pessoas para manter ou desmantelar o racismo.

SAINDO DA BOLHA

06

PRECONCEITO É PESSOAL

Posso compartilhar histórias da minha infância com você? Quando eu estava na escola, tinha uma professora que gostava de nos contar todas as excursões e atividades divertidas que seus dois filhos loiros faziam na escola. Nós não podíamos fazer esse tipo de atividade. Eles moravam em áreas nobres da nossa cidade. A escola deles tinha muito mais dinheiro do que a nossa. Também havia professores que se preocupavam com seus alunos porque eram como eles. Não acho que minha professora se importava conosco, principalmente por sermos crianças negras e multirraciais. Como uma mulher branca que existia principalmente na cultura dominante, ela compartilhava seus vieses conosco, mesmo que não fosse sua intenção.

A sala de aula era acolhedora. Nossas mesas eram dispostas em pequenos grupos de quatro. As janelas deixavam entrar muita luz natural. O canto de leitura no fundo da sala de aula era convidativo, com cadeiras alaranjadas em semicírculo em volta de um pequeno tapete. Nossa professora lia em voz alta para nós todos os dias. *Meu professor é um alien* era o meu livro favorito.

Mas ela fazia pequenas coisas para nos lembrar que estava

no comando, que éramos impotentes e que algumas de nossas vidas valiam mais, enquanto outras valiam menos.

Uma vez, a professora se recusou a deixar meu colega usar o banheiro a manhã toda. A mesa do meu colega era diagonal à minha. Ele levantou a mão (de novo). Nossa professora o ignorou até que ele sofreu um acidente que se acumulou sob seus pés e sob nossas mesas. Ela não era empática ou solidária. Gritou com ele. Ele era o único garoto latino em nossa sala de aula. Ele não havia feito nada de errado.

Ela tentou humilhá-lo e nos mostrou todo o poder que tinha para tirar nossa humanidade. Ela decidia se poderíamos usar o banheiro, não nós. Suas ações e palavras fizeram meu colega de classe se sentir muito pequeno. Ela nos mostrou que não se importava conosco.

Houve uma outra vez em que a professora gritou com meu amigo mais retinto na frente da turma porque ele a corrigiu sobre informações erradas que ela havia nos dado. Nós dois frequentemente corrigíamos nossa professora por conta de seus erros de ortografia. Lembro-me de ele ter apontado uma vez que a Ásia deveria ter apenas duas letras "a", em vez de três. Ela gritou, chamando-o de "preto", "africano" e proferindo o nome de um animal. Disse essas palavras com tanta raiva que elas ficaram repulsivas na boca dela.

Com essas palavras, ela tentou nos fazer ter medo de meu amigo. Como se houvesse algo errado em ser preto e africano. Ela tentou nos fazer acreditar que ele era menos que humano. Ela mostrou que não se importava conosco.

O preconceito de minha professora era manifesto. E ela tinha poder. Era fácil ver, ouvir e sentir. Podemos dizer que ela não gostava de crianças negras e multirraciais. Não gostava da nossa escola. Isso era óbvio para nós. Não entendíamos por que era nossa professora. Por que estava na nossa escola? Por que era autorizada a permanecer lá? Por que nenhum dos outros adultos se importava com o fato de ela ser tão cruel e injusta conosco, crianças com nove e dez anos? Eu me sentia incapaz em sala de aula porque, todos os dias, ela compartilhava conosco suas crenças racistas, de uma maneira extremamente negativa (compartilharei na próxima seção algumas coisas que você pode fazer se estiver em uma situação como essa!).

Embora algumas formas de racismo sejam fáceis de perceber e nomear, outras são menos evidentes. Você pode não estar tão ciente delas imediatamente.

Por exemplo, desde que me lembro, as pessoas (em particular as brancas) me perguntam: *"O QUE VOCÊ É?"* Às vezes, seguido por *"NÃO, NÃO COMO: O QUE VOCÊ É?"* Respondi de diversas maneiras ao longo da minha vida. Sou Tiffany. Sou humana. Sou uma pessoa. Sou negra. Sou birracial. Quando era criança, nunca soube responder, porque não sabia por que estavam me fazendo essa pergunta. Perguntar o que eu sou é uma microagressão que pessoas da cultura dominante fazem às pessoas da cultura subordi-

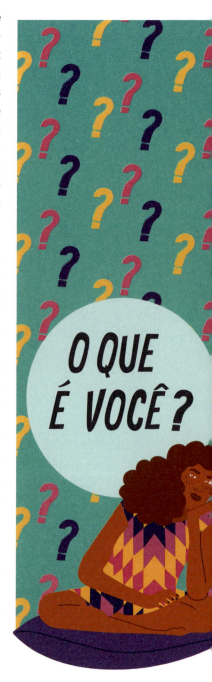

nada. Como minha raça não era óbvia para alguns, sentiam a necessidade de questionar para me categorizar. Precisavam saber se eu era "um deles" ou não. Um amigo chegou até mesmo a fazer um jogo para adivinhar qual era a minha raça. Raça não é um jogo; faz parte de nossas vidas.

MICROAGRESSÃO

Uma microagressão é um insulto intencional ou não intencional, desdenhoso ou hostil, uma mensagem negativa para pessoas que não se encaixam na caixa imaginária da cultura dominante. Pode ocorrer a qualquer hora e em qualquer lugar. Às vezes, as microagressões são faladas, como quando alguém pergunta, por exemplo: *"ONDE VOCÊ NASCEU?"*, para uma pessoa asiática-brasileira em São Paulo.

Outras vezes, são encenadas, como quando uma pessoa atravessa para o outro lado da rua ao ver um homem negro, ou quando um vendedor de loja ignora uma pessoa negra e atende apenas clientes brancos. As microagressões, por menores que pareçam, são prejudiciais.

RACISMO INTERNALIZADO

Quando você vivencia microagressões repetidamente, os efeitos se acumulam e podem levar a baixa autoestima, depressão, problemas de saúde e a pensar que os estereótipos são verdadeiros. Acreditar que você é inferior, agir com base nas mensagens negativas sobre pessoas da mesma raça que você e até mesmo negar sua herança étnica e cultural são exemplos de racismo internalizado.

RACISMO PESSOAL

As instituições mantêm o preconceito com leis e políticas racistas. O racismo pessoal reforça o poder das instituições. Foi o preconceito pessoal e agir com base nisso que matou Trayvon Martin em 2012. George Zimmerman usou seu medo de homens negros e sua superioridade racial internalizada para justificar o motivo de se sentir "ameaçado" pelo adolescente. Trayvon voltava de uma loja para a casa de seu pai. Carregava um pacote de doces e uma latinha de chá gelado nas mãos. Zimmerman viu um estereótipo e tirou a vida de Trayvon. Mesmo sendo adulto, enxergou o adolescente Trayvon como uma ameaça (ele não era). E não foi considerado culpado do assassinato porque as instituições criaram as ferramentas para permitir que fosse libertado. A lei do "Direito de defesa" permitiu que George Zimmerman não fosse preso depois que matou Trayvon Martin.[28]

Ele alegou legítima defesa (embora Zimmerman estivesse em seu carro e Trayvon estivesse caminhando para a casa de seu pai) e, na Flórida, se você usar essa alegação, pode ser isento de ser preso. Compreender a maneira como o racismo vive em cada um de nós nos permite questionar e examinar essas estruturas. Se mantemos a opressão racial internalizada (se você é uma pessoa da Maioria Global) ou a superioridade racial internalizada (se você é uma pessoa branca ou uma pessoa multirracial que parece branca), precisamos estar conscientes dos preconceitos que sustentamos e questioná-los.

TRAYVON

Atividade:

Pegue seu caderno. Leve-o com você por um dia ou mais.

Observe e ouça as **microagressões** ao seu redor.

Escreva suas observações.

Observe a quem são direcionadas, e quem está dizendo e praticando esses atos.

Pegue suas anotações e as leia num outro dia. Reflita sobre como essas palavras e ações afetam a pessoa ou grupo para o qual são direcionadas.

PRECONCEITO

Antes de prosseguirmos, verifique se você entendeu esse termo.

PRECONCEITO é o lado pessoal do racismo. É uma atitude em relação a um indivíduo ou a um grupo de pessoas baseada no grupo social a que pertencem. Os preconceitos podem se basear em estereótipos, desinformação ou medo e, embora nem sempre sejam negativos, na maioria das vezes são.

SAINDO DA BOLHA

07

A HISTÓRIA QUE CARREGAMOS

"NÓS CARREGAMOS NOSSA HISTÓRIA CONOSCO. SOMOS A NOSSA HISTÓRIA." —JAMES BALDWIN

Se carregamos nossa história conosco, o que estamos carregando?

Para mim, é morar no lado Sul de Syracuse em Nova York, com minha mãe e irmã. É ouvir Tina Turner no carro do meu pai. É encontrar leite com chá e um quadrado de chocolate esperando por mim depois da escola com nossa avó e seu divertido livro de memórias de infância. É não chorar no funeral do meu avô. É ter os mesmos livros que minha mãe e meus tios tinham quando estavam na escola. É não conhecer meus primos do lado paterno e esquecer como são meus tios e tias. É voltar da biblioteca para casa com uma carga pesada de livros. É voltar para casa da escola sem um adulto pela primeira vez. É patinar no gelo depois da escola. É ficar até tarde trabalhando em uma coreografia para o musical da escola. É ler a *Autobiografia de Malcolm X* por conta própria, depois que meu professor a trocou pelo filme *Thelma e Louise*. É ser única nas minhas aulas na Universidade. É tudo isso e muito mais.

SÃO TANTAS COISAS DENTRO DE MIM. E MINHA HISTÓRIA É MUITO MAIS DO QUE APENAS EU.

07 SAINDO DA BOLHA - A HISTÓRIA QUE CARREGAMOS

Minha história começa antes de mim. Entre a França e a Inglaterra, quando o nome da minha família mudou e se tornou anglicizado. É minha mãe viajando pelo oceano em um grande barco da Inglaterra para Nova York. E é ela perdendo seu sotaque na escola. É meu pai sendo convocado para a Guerra do Vietnã. E é ele deitado em um hospital, em coma, depois de dirigir embriagado. É meu livro sobre memórias de infância lido por minha avó. Não sei de onde vem o "Jewell" do meu sobrenome.

Minha história começa antes de mim. Começa antes das histórias que conheço e antes das que desejo conhecer. Minha história começa há centenas e centenas de anos... e a sua também.

O QUE É ESTA HISTÓRIA QUE CARREGAMOS CONOSCO?

A história que carregamos é a de três servos, John Gregory, Victor (sem sobrenome) e John Punch, que fugiram em 1640. Os dois primeiros eram europeus brancos e John Punch era um homem negro da África. Os três foram pegos em Maryland e levados de volta ao seu senhor na Virgínia. Os três homens foram punidos com trinta chicotadas. Aos dois europeus acrescentaram um ano de servidão. Mas John Punch foi condenado a servir seu senhor pelo resto da vida. Na decisão do tribunal, a única coisa que diferenciou as sentenças foi a raça. "E que o terceiro sendo um negro de nome John Punch servirá ao seu dito senhor... pelo tempo de sua vida natural aqui ou em outro lugar." John Punch foi um dos primeiros servos a ser condenado à escravidão por causa da raça.

COLONIZAÇÃO

A história que carregamos conosco é a do **colonizador** e a do colonizado. A colonização ocorre quando um grupo com poder e recursos domina outro grupo, geralmente por uso de violência e manipulação. A terra que passam a controlar dá ao colonizador ainda mais poder no mundo. As pessoas em lugares colonizados tornam-se sujeitos sob o domínio do país dominante.

Além do Brasil, os portugueses colonizaram Angola, Guiné-Bissau, Cabo Verde, Moçambique, São Tomé e Príncipe, Timor Leste, criando também bases coloniais na Ásia, na região de Macau. E Portugal não foi o único país colonizador.

Os britânicos colonizaram muitas pessoas e lugares ao redor do mundo em vários momentos da História. Índia, Jamaica, Somália, Gana, Estados Unidos, Birmânia, Canadá, Ilhas Falkland, Paquistão, África do Sul, Zimbábue, Egito, Bahrain, Catar, Austrália, Cingapura, Hong Kong, Malta, Nova Zelândia e muito outros territórios.

Estabeleceram assentamentos em terras de povos indígenas, roubaram e usaram recursos naturais e ainda exploraram os povos desses países.

A Dinamarca controlava a Groenlândia e partes de Gana. A França colonizou Haiti, Chade, República do Congo, Mali, Senegal, Camboja, Laos, Vietnã e muitos outros lugares. A Espanha dominou Argentina, Paraguai, Uruguai, Colômbia, Peru, Chile, Equador, Bolívia, Venezuela, El Salvador, Nicarágua, Cuba, Costa Rica, México, as Filipinas (que receberam este nome em homenagem ao rei da Espanha, Felipe!) e diversos outros lugares. A lista continua.

Carregamos conosco a história de Luís XIV que, na França, criou o Le Code Noir (o Código Negro) em 1685, estabelecendo leis que impediam pessoas negras escravizadas (especificamente) de terem quaisquer direitos. Elas foram declaradas como "bens", o que significa que poderiam ser compradas, vendidas e transferidas de geração em geração. Não tinham permissão para possuir nada.

O testemunho da pessoa negra escravizada não tinha valor algum no tribunal e, embora elas pudessem ser condenadas por um crime, a justiça não seria aplicada se fossem vítimas de um crime. O Le Code Noir assegurou que a escravidão passasse de mãe para filhos. Isso garantiu que as crianças que eram filhas de senhores brancos e nascidas de mães escravizadas não tivessem as mesmas liberdades que seus pais homens (crianças na maioria das vezes concebidas em atos de violência sexual).

Os europeus brancos colonizaram grande parte do mundo onde os povos indígenas, negros e multirraciais viveram por anos. A colonização separava as pessoas de suas famílias, de seus idiomas e de suas terras. O domínio colonial teve um contínuo e longo impacto do qual estamos nos recuperando e com o qual estamos nos reconciliando ainda hoje.

O meio ambiente não conseguiu se recuperar do sistema agrícola de ampla exploração, das construções e do desmatamento constantes que começaram com as civilizações se expandindo continuamente. As pessoas e seu trabalho foram explorados pelos colonizadores para arrancar todos os recursos da terra: do ouro ao sal, dos diamantes ao petróleo.

E o domínio colonial nunca foi abandonado de verdade. Ainda que alguns países sejam soberanos e não pertençam oficialmente a outras nações, ficaram sem muitos de seus recursos naturais, com terras excessivamente esgotadas e inférteis.

Uma relação mais recente que foi criada entre o colonizador e o colonizado está na forma de ajuda e caridade. Temos pessoas e países que tiveram seus recursos e riquezas roubados e agora precisam de apoio para sobreviver. Essa relação pode ser rotulada como "salvadorismo branco", no qual pessoas bem-intencionadas acreditam que podem salvar pessoas que foram privadas de seus recursos e direitos, em vez de devolver o poder a elas e renunciar ao seu privilégio.

O comércio transatlântico de pessoas escravizadas foi catastrófico para as famílias negras africanas e teve um efeito muito duradouro, pois ainda estamos, séculos mais tarde, curando o **trauma ancestral**. A **escravidão** *chattel* usou a invenção da ciência de que pessoas de diferentes tons de pele e de diferentes áreas geográficas são biologicamente díspares, superiores ou inferiores, para justificar a escravização do povo negro e multirracial.

O legado que nos foi deixado é a opressão **sistemática** (e sistêmica) de pessoas da Maioria Global. Nossas escolas estão sendo mais segregadas hoje do que no período da segregação legalizada. Nossas comunidades são divididas propositadamente por urbanistas, com o apoio de governos e bancos. Isso é evidenciado pela maior taxa de pessoas negras encarceradas do que brancas. O legado que nos foi deixado é o de famílias brancas medianas com 41 vezes mais riquezas do que famílias negras medianas.[29]

O legado da escravidão nos deixou condutas racistas como parte do nosso cotidiano normal.

A HISTÓRIA QUE CARREGAMOS ESTÁ EM NOSSO DNA E NAS HISTÓRIAS QUE NUNCA NOS CONTARAM.

Atividade:

Faça uma pausa. Dê a si mesmo um tempo para escrever a **sua história**.

Qual é a sua história? De onde você é? Que histórias da sua vida te transformaram em quem você é hoje?

Qual é a história da sua família? Quais são as histórias que você sempre conta? Quais são as histórias que você não conhece o bastante e gostaria de saber mais?

Escreva sua história!

aventuras

viagem

2000

novos amigues

encontro de família

SAINDO DA BOLHA

08

CONHECENDO NOSSA HISTÓRIA

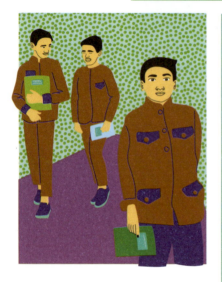

O racismo está em toda parte e faz parte de nossas histórias há centenas e centenas de anos. E persiste, em todo o mundo.

Carregamos conosco a história do internato indígena iniciado em 1860, nos Estados Unidos. O objetivo era que os povos originários **assimilassem** a "cultura norte-americana".

O *Bureau of Indian Affairs* (Departamento de Assuntos Indígenas), uma agência do governo federal, estabeleceu a primeira escola na Reserva Yakama. As crianças aprendiam os valores da cultura dominante (e da religião protestante), e a se tornarem "civilizadas". O governo dos Estados Unidos tinha sessenta escolas onde mais de seis mil jovens dos povos originários foram submetidos a "aprender" os modos do homem branco. Em 1893, uma decisão judicial declarou a educação obrigatória para jovens nativos. Isso foi reforçado pela polícia e agentes do governo que levaram crianças de suas famílias. Quando as comunidades resistiam, seus recursos – inclusive alimentares –, que eram controlados pelo governo, ficavam retidos.

Ainda assim, acreditava-se que as escolas precisavam ficar fora da reserva e longe da influência dos povos originários para que as crianças fossem completamente nutridas de fatos que não faziam parte de sua cultura. A *Carlisle Indian School* foi fundada em 1879 pelo coronel Richard Henry Pratt, que foi seu diretor por 25 anos. Ele ficou conhecido por dizer: "Mate o índio, salve o homem".[30] Ele acreditava em separar completamente as crianças de suas famílias nas reservas e mantê-las totalmente imersas na sociedade branca, para assimilarem a cultura dominante. Estudantes do sexo feminino passavam mais da metade do dia escolar sendo treinadas para cozinhar, limpar e costurar, enquanto estudantes do sexo masculino eram treinados para serem agricultores e ferreiros. As condições eram inadequadas para muitos. A comida era retida como punição, as crianças eram usadas para o trabalho doméstico local e forçadas a viver longe de suas famílias. Em 1978, foi finalmente concedido aos povos originários estadunidenses o direito de escolher o tipo de educação que seus filhos receberiam, e as famílias puderam manter as crianças na reserva. **1978 NÃO FOI HÁ MUITO TEMPO.**

Escolas como as que descrevemos foram o modelo para as escolas residenciais na Austrália e na Nova Zelândia, criadas em 1814 por igrejas cristãs e financiadas pelo governo britânico. Da mesma maneira que as estadunidenses, tais instituições foram criadas para treinar crianças dos povos indígenas, aborígines e maoris a trabalharem. As últimas escolas residenciais foram fechadas na década de 1980. As crianças que foram forçadas a frequentar escolas assim são conhecidas como **"geração roubada".**

A educação foi usada como arma, retirando as crianças nativas de suas famílias e despindo-as de seus idiomas, culturas, patrimônios e até de seus nomes.

A história que carregamos conosco é a da geração Windrush.

Os filhos dos colonizados viajaram do Caribe para a Grã-Bretanha em um grande navio chamado *HMT Empire Windrush*. Milhares de pessoas foram para a Inglaterra partindo de países colonizados entre 1948 a 1971. Eles partiram da Jamaica, de Barbados, Trinidad e Tobago e vários outros países do Caribe para trabalhar. O governo britânico os convidara porque havia escassez de mão de obra após a Segunda Guerra Mundial. A Lei de Imigração de 1971 declarou que todos cidadãos dos países da *Commonwealth* (Comunidade das Nações, uma organização intergovernamental composta por 53 países membros. Todas as nações membros da organização, com exceção de Moçambique, antiga colônia portuguesa, Ruanda, antiga colônia belga, e Namíbia, antiga colônia alemã, faziam parte do Império Britânico, do qual se tornaram oficialmente independentes; o que não significa, como podemos ver, *politicamente* ou *economicamente* independentes) que viviam na Grã-Bretanha podiam continuar a viver no país pelo tempo que quisessem (indefinidamente). Várias pessoas da geração Windrush (chamadas assim por causa do navio que as trouxe) chegaram ao país por causa dos passaportes dos pais. Muitos deles acreditavam já ter a cidadania britânica e por isso não possuíam os próprios documentos e passaportes. Desde janeiro de 1973, leis mais rígidas acerca da imigração exigem que todos provem sua residência na Inglaterra. Empregadores, hospitais, locatários e policiais foram incentivados a verificar a documentação e provar que as pessoas não deveriam estar no país. Sem documentos, essa geração de pessoas foi ameaçada com deportação, perda de assistência médica e de empregos. Leis mais rígidas foram

criadas para impedir que os imigrantes fossem para a Grã-Bretanha e, ao serem instituídas, conseguiram deixar uma geração de pessoas se sentindo indesejáveis em seus lares.[31]

A história que carregamos conosco está em nossas escolas. Ainda sentimos os efeitos da decisão do tribunal sobre o caso *Brown vs. Board of Education* (*Brown contra o Conselho de Educação*). A decisão da Suprema Corte de 1954 anulou a lei de 1896 que permitia que escolas, empresas e instituições nos Estados Unidos tivessem instalações "separadas, mas iguais" para pessoas negras e brancas. Pareceu uma grande vitória para muita gente. A integração escolar começou. Estudantes como Linda Brown e, mais tarde, Ruby Bridges e o grupo de nove alunos da Escola Central de Ensino Médio Little Rock (conhecidos como *Little Rock Nine*), foram alguns dos primeiros jovens negros a ingressar em escolas de pessoas brancas. Antes disso, eles estavam matriculados em

escolas dirigidas por professores negros para crianças e famílias negras. A estrutura das escolas e seus materiais não eram iguais aos que as crianças brancas recebiam.

Quando chegaram nas novas escolas, os estudantes negros foram recebidos com assédio e ameaças de violência, tanto por parte dos estudantes brancos quanto dos adultos.

Muitos professores não queriam ensinar alunos negros e multirraciais, e muitas famílias brancas não queriam que seus filhos se sentassem ao lado de crianças negras e aprendessem junto com elas. A decisão do tribunal era que as crianças negras deveriam ter os mesmos recursos disponíveis que as crianças brancas. Como consequência, as escolas para crianças negras foram fechadas e os professores negros perderam seus empregos. As crianças negras, por sua vez, foram deixadas com professores brancos que acreditavam que

pessoas negras eram inferiores às brancas. Esses professores não entendiam os novos alunos porque os olhavam através de uma lente racista. Ainda hoje estamos sentindo os efeitos disso, com mais de 80% da população docente branca, enquanto cerca de metade da população estudantil nos Estados Unidos é composta por negros, multirraciais e povos indígenas.[32]

Em 1959, o Condado de Prince Edward, na Virgínia, optou por não integrar suas escolas, fechando todo o sistema escolar inteiro por cinco anos. Escolas particulares foram abertas para crianças brancas no município, financiadas por impostos estaduais. As crianças negras tiveram sua educação negada por causa da cor de sua pele. **Cinco anos é muito tempo.**

A história que carregamos é o "fracasso coletivo" de como a Polícia Metropolitana de Londres reagiu ao assassinato de Stephen Lawrence, de 18 anos. Em 22 de abril de 1993, ele foi esfaqueado por uma gangue de homens brancos no sudeste de Londres. Stephen esta-

va com seu amigo Duwayne Brooks, que conseguiu escapar do ataque e ajudou a polícia identificar os assassinos (que também foram identificados por uma testemunha anônima). A polícia prendeu cinco homens brancos semanas depois da morte de Stephen; no entanto, em julho, as acusações foram retiradas porque as autoridades alegaram que o amigo de Stephen não era uma testemunha confiável. Somente 19 anos depois, dois dos suspeitos foram considerados culpados pelo assassinato de Stephen. Durante esses 19 anos, a família de Stephen abriu um centro de arquitetura em homenagem a Stephen, que sonhava ser arquiteto; os suspeitos de seu assassinato foram presos por um ataque racista a um policial negro que estava de folga e, mais tarde, por distribuírem drogas, e a Polícia Metropolitana de Londres passou por uma revisão liderada por Sir William Macpherson.

O Relatório Macpherson levou a mais de setenta recomendações sobre como ter "tolerância zero" ao racismo. Algumas das

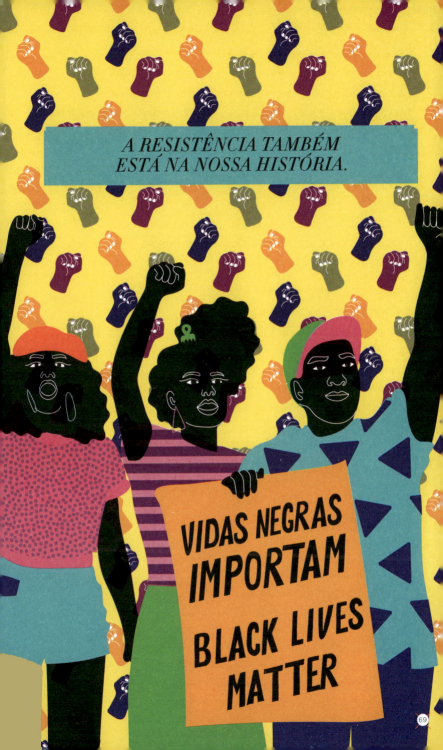

sugestões foram alterar leis, melhorar as atitudes da polícia predominantemente branca e recrutar e manter policiais que representam a população a que servem. Macpherson escreveu que a reação da polícia ao assassinato de Stephen Lawrence foi "institucionalmente racista". Embora algumas mudanças tenham sido implementadas, pessoas negras ainda têm oito vezes mais chances de serem abordadas pela polícia do que as brancas (no Brasil, 94% da população reconhece que uma pessoa negra tem mais chances de ser abordada de forma violenta e morta pela polícia[33]), e cerca de um quinto dos dois mil policiais e funcionários da Polícia Metropolitana de Londres tem um viés de etnia que afeta seu comportamento. Atualmente, Stephen é homenageado nacionalmente a cada 22 de abril em uma comemoração por sua vida. Stephen Lawrence deveria estar vivo hoje.

A história que carregamos conosco é a do atentado policial ao grupo negro de libertação, MOVE, em um bairro no oeste da Filadélfia em 1985. É a proibição de usar a burca na França, Dinamarca, Áustria, Bélgica, Holanda e em vários outros países europeus. Nos EUA, racismo, sexismo e islamofobia se encontram interligados.

A história que carregamos conosco inclui as pessoas que morreram enquanto estavam sob custódia e atendimento nos centros de detenção da Imigração e Alfândega dos Estados Unidos (*U.S. Immigration and Customs Enforcement*). Seus nomes são: Roxana Hernández, Jakelin Caal Maquin, Felipe Alonzo-Gomez, Mariee Juárez, e tantos outros.

Nós carregamos essa histórias conosco e elas são construídas em nossos corpos e memórias. Testemunham quem somos e como fomos ensinados a ser pela sociedade. Nossas histórias estão aí e temos o poder de compartilhá-las e de falar a verdade. Examinando nossa história coletiva, podemos ver como cada um desses momentos construiu a base sólida do racismo. **No entanto, sempre houve a luta pela ruptura.**

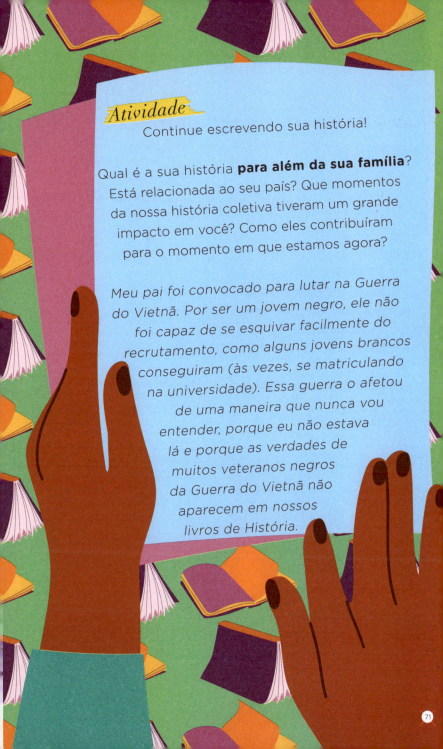

Atividade

Continue escrevendo sua história!

Qual é a sua história **para além da sua família**? Está relacionada ao seu país? Que momentos da nossa história coletiva tiveram um grande impacto em você? Como eles contribuíram para o momento em que estamos agora?

Meu pai foi convocado para lutar na Guerra do Vietnã. Por ser um jovem negro, ele não foi capaz de se esquivar facilmente do recrutamento, como alguns jovens brancos conseguiram (às vezes, se matriculando na universidade). Essa guerra o afetou de uma maneira que nunca vou entender, porque eu não estava lá e porque as verdades de muitos veteranos negros da Guerra do Vietnã não aparecem em nossos livros de História.

2. Meninos Sioux chegam à Carlisle School. Estados Unidos, 1879.

1. Esau Prescott, vestindo uniforme de colégio interno. Retrato feito em estúdio, Wisconsin, Estados Unidos, 1915.

6. Imigrantes das Ilhas do Caribe chegam à Victoria Station. Londres, Inglaterra, 1956.

5. Linda Brown do lado de fora da Sumner Elementary School. Kansas, Estados Unidos, 1953.

3. Imigrantes jamaicanos chegando às docas de Tilbury. Essex, Inglaterra, 1948.

4. Segregação da educação nas escolas após o boicote feito pelas pessoas brancas. Estados Unidos, 1964.

SAINDO DA BOLHA

09

NÓS SOMOS NOSSA HISTÓRIA

Enquanto alguns trabalhavam arduamente para construir uma base racista a fim de torná-la a estrutura sólida que é hoje, sempre houve resistência ao racismo. Histórias de força, de amor, de alegria e de revolução também fazem parte da nossa história. A poeta e ativista jamaicana-estadunidense June Jordan escreveu: **"NÓS SOMOS AS PESSOAS POR QUEM ESTIVEMOS ESPERANDO."**

SEMPRE FOMOS E SEMPRE SEREMOS. ISTO TAMBÉM É O QUE CARREGAMOS CONOSCO.

Nossa história é o Haiti, a primeira república negra. De 1625 a 18 de novembro de 1803, a França controlou a ilha de Saint-Domingue (agora chamada Haiti, mas que então englobava o território atual do Haiti e da República Dominicana). Era a colônia francesa mais lucrativa, produzindo bens, principalmente cana-de-açúcar, a partir do trabalho de pessoas escravizadas. Em 1791, inspirado na "Declaração dos Direitos do Homem e do Cidadão" e na Revolução Francesa de 1789, Toussaint Louverture (homem negro que havia sido escravizado) liderou a rebelião contra fazendeiros brancos. Os fazendeiros eram as pessoas mais ricas da região, donos de fazendas que utilizavam o *plantation*, sistema de exploração colonial que consistia em grandes latifúndios, monocultura, trabalho escravo e exportação dos recursos naturais para a metrópole – neste caso, a França. Louverture acreditava na liberdade e na igualdade e um de seus objetivos era abolir a escravidão.

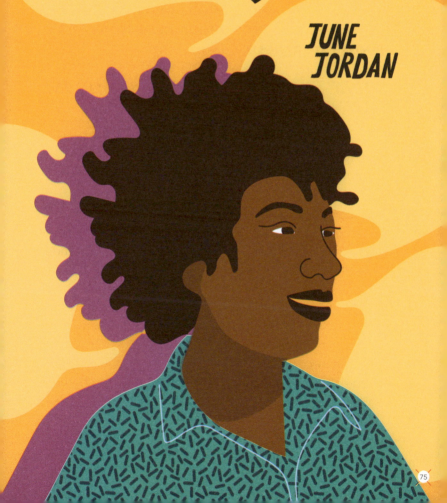

Em 1792, Louverture e seu exército controlaram um terço da ilha. Em 1794, expandiram a revolução e impulsionaram a rebelião para Santo Domingo (hoje território da República Dominicana), onde os espanhóis haviam escravizado a população nativa de Taíno, além de africanos e povos de outros países do Caribe.

Em 1801, Toussaint Louverture se autodeclarou o governador vitalício. Napoleão Bonaparte, governante da França na época, restabeleceu o Código Noir e, na esperança de restaurar o domínio francês e a escravidão em Saint-Domingue, enviou milhares de tropas à ilha para capturar Louverture e acabar com a rebelião.

Toussaint Louverture e os franceses acordaram uma trégua, mas o acordo foi quebrado e ele foi levado para a França, onde morreu na prisão em 1803. Jean-Jacques Dessalines, ex-escravizado e general do exército de Louverture, continuou a revolução e, em 18 de novembro de 1803, as forças francesas foram derrotadas e retiradas da ilha. Em 1 de janeiro de 1804, Dessalines declarou a ilha uma nação independente e a chamou de Haiti, que significa "terra de altas montanhas", em Taíno. Embora o Haiti tenha uma história longa e complicada, como a de todos os países que foram colonizados, é importante celebrarmos as histórias de resistência e esperança de nossa primeira república negra.

Nossa história é feita por Yuri Kochiyama. Após o bombardeio de Pearl Harbor (base naval localizada no Havaí) durante a Segunda Guerra Mundial, os militares dos Estados Unidos receberam o poder de cercar, deter e prender qualquer pessoa japonesa e nipo-estadunidense que residisse na Costa Oeste. Havia dez campos de concentração nos Estados Unidos e cerca de cento e vinte mil pessoas foram detidas entre 1942 e 1945. Elas perderam suas casas e trabalhos. Yuri Kochiyama foi enviada para um campo de concentração no Kansas. Kochiyama cultivou suas fortes raízes ativistas enquanto morava no Harlem, Nova York. Trabalhou em solidariedade com ativistas negros e era amiga íntima de Malcolm X. Acreditava na libertação negra e entendia como o mau uso do poder institucional mantinha oprimidas todas as pessoas da Maioria Global. Ela também trabalhou com a organização de direitos civis e humanos *Young Lords Party* defendendo a libertação porto-riquenha. Yuri passou a vida apoiando prisioneiros políticos e frequentemente era a primeira pessoa chamada para facilitar discussões com a polícia. Protestou contra a Guerra do Vietnã e defendeu reparações para os milhares de japoneses e nipo-estadunidenses que foram detidos injustamente durante a Segunda Guerra Mundial.

Yuri Kochiyama dedicou sua vida a resistir, despertar a consciência e trabalhar em solidariedade pelo antirracismo e pela libertação. Ela faleceu em 2014, e suas palavras permanecerão sempre conosco.

"TRANSFORME-SE PRIMEIRO... PORQUE VOCÊ É JOVEM E TEM SONHOS E QUER FAZER ALGO SIGNIFICATIVO. E ISSO, POR SI SÓ, FAZ DE VOCÊ NOSSO FUTURO E NOSSA ESPERANÇA."

09 SAINDO DA BOLHA - NÓS SOMOS NOSSA HISTÓRIA

A história que carregamos é a da família Loving. Richard Loving era branco e Mildred Loving era birracial: indígena e negra. Eles se casaram em Washington e moravam na Virgínia, em 1958, onde era ilegal se casar com alguém de uma raça diferente da sua (isso também era ilegal em mais de vinte outros estados dos Estados Unidos na época). Certa noite, a polícia invadiu sua casa para prendê-los.

Richard e Mildred mudaram-se para Washington. Então, depois de cinco anos longe de casa, Mildred procurou o apoio da NAACP (Associação Nacional para o Progresso de Pessoas de Cor, uma das mais antigas e influentes instituições a favor dos direitos civis), e da ACLU (União Americana pelas Liberdades Civis, uma ONG que defende e preserva os direitos e liberdades individuais garantidas pela Constituição). Os Loving foram ao tribunal na esperança de apelar à lei da Virgínia, mas o Estado não mudou a lei; então, os Loving foram ao tribunal mais alto dos Estados Unidos, a Suprema Corte. O Tribunal anulou a lei no caso *Loving vs. Virgínia*, e desde então se casar com alguém de uma raça diferente é permitido nos Estados Unidos. Hoje, podemos nos referir às pessoas birraciais que nasceram após esse caso, de "geração Loving". Prefiro isso a ser chamada de *mista*. Assim, quando me refiro a mim como uma pessoa da geração Loving, além de honrar Mildred e Richard, também centralizo amor em minha identidade.

A história que carregamos conosco é a da *League of Colored Peoples* (Liga dos Povos de Cor), fundada na Grã-Bretanha em 1931 pelo jamaicano Dr. Harold Moody. Essa organização promovia direitos civis como reação ao fato de seu fundador não conseguir um emprego, mesmo sendo um médico qualificado.

Nossa história é a dos ativistas e revolucionários: Kwame Ture, (antes chamado Stokely Carmichael), Marielle Franco, Fannie Lou Hamer, Dolores Huerta, Maya Angelou, Grace Lee Boggs, Steve Biko, Bayard Rustin, Quanah Parker, Gloria Anzaldúa, Claudette Colvin, Brittany Packnett, Alicia Garza, Patrisse Cullors, Opal Tometi, Marley Dias e tantes outros mais.

A HISTÓRIA QUE CARREGAMOS CONOSCO ESTÁ EM CADA UM DE NÓS. VOCÊ DEIXARÁ SEUS ANCESTRAIS ORGULHOSOS. VOCÊ FAZ PARTE DE SUAS HISTÓRIAS DE RESISTÊNCIA. VOCÊ VAI CONTINUAR NOSSAS LUTAS.

Atividade:

Há mais histórias para escrever. (Logo você terá que arranjar um novo caderno!)

Existem histórias em sua família de **resistência ao racismo**? De luta conjunta com outras pessoas contra leis injustas?

Existem histórias em sua família de pessoas que contribuíram para o racismo? Como essas histórias são contadas? (Calmamente, em voz baixa? Com orgulho e exaltação?)

Existem pessoas que foram deixadas de fora de seus livros de História e que você gostaria de homenagear? Escreva o nome delas. Compartilhe suas palavras.

Você pode escrever a história que deveriam ter nos contado.

TRAÇANDO MEU CAMINHO

10

AFRONTAR!

COMO RESISTO? COMO ERGO A VOZ? O QUE ACONTECE SE EU NÃO DISSER NADA?

VOCÊ CONSEGUE. VOCÊ PODE AFRONTAR O RACISMO E MUDAR O "NORMAL".

Agora, você já é capaz de ver o mundo de uma maneira que talvez não tenha percebido antes. Você está construindo uma nova lente para enxergar a si mesmo e ao mundo ao seu redor. Você conhece mais histórias (as partes que lhe são contadas e as que foram deixadas de fora). Você tem mais consciência das maneiras como as pessoas interagem umas com as outras. Você sabe o que são as microagressões e tem consciência de seu impacto. Você compreende o investimento das instituições ao longo de centenas de anos para manter a estrutura do racismo. Sua escola pode ter regras sobre como os alunos podem usar o cabelo ou sobre o que as pessoas podem usar na cabeça, e você entende como isso está consolidando a cultura dominante. Você percebe que, ainda hoje, a maioria dos programas de televisão e filmes que você assiste tem um elenco quase todo branco e que, muitas vezes, quando há a representação de um terrorista, essa pessoa é do Oriente Médio e fala árabe. Você já se ligou como os estereótipos são criados e mantidos. Você tem as ferramentas para buscar mais conhecimento e obter um entendimento mais profundo sobre todos esses prismas.

O que você pode fazer agora?

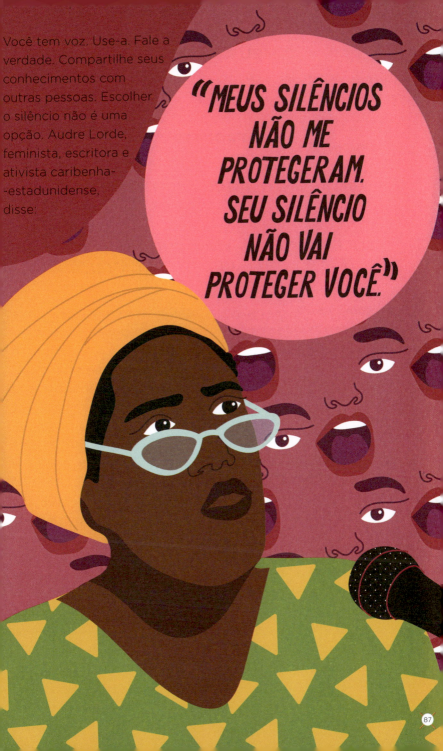

> *VOCÊ NÃO PODE OUVIR O SILÊNCIO. A INAÇÃO NÃO PODE SER VISTA. NÃO PODEMOS SENTIR O IMPULSO DE MUDANÇA SE NADA ACONTECE.*

Use sua voz para falar a verdade sobre as injustiças e para compartilhar histórias que, muitas vezes, não são contadas. Fale com sua família, com seus amigues, com seus colegas de turma, com qualquer pessoa que quiser ouvir. Escreva e escreva e escreva e compartilhe. Crie arte e compartilhe. Assuma riscos. Você pode fazer isso.

Eu gostaria de ter usado minha voz quando minha professora foi tão repetidamente terrível conosco. Gostaria de tê-la enfrentado, e também de ter enfrentado a administração da nossa escola, que permitiu que ela permanecesse lá.

O que faria hoje se estivesse naquela sala de aula?

Eu a enfrentaria fisicamente (no meu pequeno eu de nove anos). Sairia da minha cadeira, levantaria e diria a ela: "Você não pode falar assim com ele. Isso não está certo!".

Então, eu sairia da sala de aula, trazendo meu amigo e quem mais quisesse e precisasse vir junto. Desceria as escadas para a coordenação, onde pediria à secretária da escola ou ao diretor para registrar uma reclamação contra aquela professora. Contaria o que aconteceu, dizendo a eles que a professora abusou verbalmente do meu amigo. E apresentaria uma queixa. Pediria à secretária para ligar para os pais do meu amigo. Ele não deveria ter que se sentar nem mais um minuto na sala de aula com nossa professora que o agrediu com suas palavras racistas. Ninguém deveria.

Contaria para minha mãe (sim). Conversaríamos com os pais do meu amigo. Pediria a todes nossos colegas para compartilhar o que aconteceu com suas famílias. Nossos pais e responsáveis ajudariam nossas vozes a serem ouvidas. Juntas seriam mais altas do que apenas minha voz. Eles também reclamariam e iriam na escola na manhã seguinte. Pediriam a demissão de nossa professora porque ela não deveria estar nos ensinando se não pudesse nos manter a salvo. E ela não podia nos manter a salvo porque era ela quem estava nos colocando em perigo.

Todes nós participaríamos da próxima reunião do conselho escolar para exigir que nossas escolas fossem um lugar onde poderíamos aprender, livres da violência racial, tanto verbal quanto física.

Penso muito sobre aquele dia e gostaria de ter tido as ferramentas para ir além de reconhecer o que estava acontecendo. Gostaria de ter criado um plano e falado. Gostaria de ter resistido à minha professora e a tudo que a mantinha naquele lugar.

> *É POR ISSO QUE PARTILHO ESSA HISTÓRIA COM VOCÊ. VOCÊ PODE RESISTIR AGORA. VOCÊ PODE AFRONTAR AGORA.*

E se for algo além de suas interações diárias na escola? E se for algo fora do conforto do que é familiar?

E se você e sua família ou amigues estiverem dirigindo pela cidade e você vê quatro policiais cercando dois jovens negros? Talvez você os reconheça, talvez não. Talvez um deles estivesse no coral com você no ano passado. Talvez os tenha visto em alguma loja. Ou talvez realmente não os conheça. Não importa se você os conhece ou não.

Talvez você consiga ver se os policiais estão armados. Talvez não (embora alguns policiais carreguem armas e outros não, sabemos que têm poder em seu papel como responsáveis pela aplicação da lei). Você pode ver que os jovens negros não estão armados, que parecem confusos e que estão com as mãos levantadas.

Você já viu as notícias várias vezes; conhece a história. Você pensa nas pessoas que sofreram violência em razão da cor de sua pele. Sabe que isso acontece todos os dias e hoje pode ser o dia em que você muda isso. Aqui é onde você pode bolar um plano para saber o que fará se isso acontecer em sua vida. IMPORTANTE: você deve se certificar de que VOCÊ está seguro e fora de perigo. Fale com um adulto de confiança ANTES de tomar qualquer atitude.

Atividade:

Pegue seu caderno. Vamos começar a escrever!

Você observou o que está acontecendo e examinou a situação. Sabe que as pessoas detidas pela polícia parecem assustadas. Eles não querem estar ali. Você não quer que esses dois jovens negros se tornem novas *hashtags* e estatísticas.

Portanto, há um monte de coisas que você pode fazer. Reserve alguns minutos e faça uma lista de **todos os desfechos** possíveis que você puder imaginar.

Aqui está minha lista:

-Peço à pessoa que está dirigindo o carro para parar. Nós saímos e caminhamos até a situação para que possamos testemunhar.

- Gravo o que está acontecendo com meu telefone. Eu posso. É meu direito fazer isso. Nos Estados Unidos, na Inglaterra, no Brasil e em muitos outros países, não posso ser detida por gravar vídeos ou tirar fotos em espaços públicos. A polícia não pode tirar meu telefone (precisam de um mandado para fazer isso). Eles podem me pedir para parar de gravar, mas eu não tenho que parar.

Se estou dentro de uma loja, uma propriedade privada etc., o proprietário dita as regras e é ele quem decide se posso gravar ou não. Esta não é uma decisão da polícia.

- Fico no carro e gravo com o telefone.

- Fico no carro e grito para os dois que estão sendo abordados pela polícia: "Estou vendo tudo".

- Perto da polícia e dos jovens, posso perguntar aos dois negros se há alguma coisa que eu posso fazer... se há alguém que posso chamar para ajudá-los (os adultos que estão comigo me acompanham nesse momento também).

- Impeço a passagem de outras pessoas e peço que também testemunhem (há força e poder nos números – quanto mais gente, melhor).

- Peço ao adulto com quem estou para intervir enquanto fico no carro.

- Ignoro o que vi e continuamos nosso trajeto.

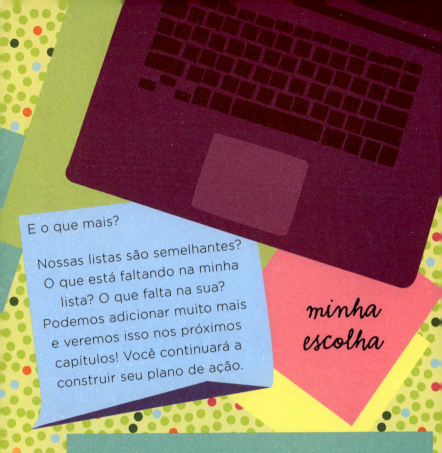

E o que mais?

Nossas listas são semelhantes? O que está faltando na minha lista? O que falta na sua? Podemos adicionar muito mais e veremos isso nos próximos capítulos! Você continuará a construir seu plano de ação.

minha escolha

Algumas escolhas exigirão que você assuma riscos. Outras não. Compreender o privilégio e o poder que você tem – ou não tem – é importante. Isso determinará como você conduzirá tudo. Esta situação com a polícia é aquela em que, se você é uma pessoa branca e cisgênera, poderá usar seu privilégio de se manifestar livremente. **Se você é uma pessoa da Maioria Global, precisará decidir como cada desfecho terá consequência para você.** Pessoas brancas, isso não é algo que vocês precisem fazer porque estão no centro do sistema: correr riscos nessa situação, provavelmente, não fará com que acabem na prisão ou sejam prejudicadas.

TRAÇANDO MEU CAMINHO

11

TOMAR UMA ATITUDE!

O QUE ACONTECE SE EU ME CALAR? SE EU NÃO TOMAR UMA ATITUDE? SE EU NÃO FIZER NADA?

Se não fizer nada, tudo permanecerá igual. Não tomei nenhuma atitude contra minha professora e tive que me sentar em sua sala de aula todos os dias. O que ela fez não estava certo. E ela continuou a nos fazer sentir pequenos e impotentes.

Às vezes você não dirá nada. Pode ser porque você não veja a injustiça. Talvez não consiga perceber o que está acontecendo e espera que outra pessoa faça. Ou talvez você não possa fazer algo porque não seja seguro. Eu não falei porque não pensei que pudesse. Tinha nove anos. Confiei nos adultos e achei que falariam por nós. Eles não fizeram nada.

NÃO ESPERE PARA ERGUER A VOZ. NÃO ESPERE PARA TOMAR UMA ATITUDE.

Quando você está em silêncio, absolutamente nada muda. Você está reforçando a cultura dominante. Está permitindo que o racismo continue. Não dizer nada também diz aos outros que você é cúmplice (que está confortável) com o *status quo* (como as coisas estão).

Estar consciente não é o bastante. Você deve tomar atitudes. Você pode fazer isso de muitas maneiras. Nem sempre será a mesma para todas as situações, porque cada situação é diferente. A única coisa com que podemos contar é que o racismo existe. Aqui estão alguns exemplos de como tenho tomado atitudes em minha vida.

Quando tinha 11 anos, tomar uma atitude assumiu a forma de escrever um poema e erguer a voz contra nossas lições de História que glorificavam o colonialismo europeu e omitiam a verdade. Não aprendemos sobre os povos que já existiam antes da chegada dos europeus no território a que chamaríamos de Estados Unidos.

Quando estava no Ensino Médio, me engajei em um grupo que vendia camisetas e cartões para arrecadar fundos em apoio à construção de escolas, banheiros, maternidades e jardins em comunidades. Minha irmã escreveu para um jornal local e compartilhou sua voz no encarte semanal para adolescentes.

Quando tinha 22 anos, ajudei a organizar protestos contra credores predatórios (bancos que cobram empréstimos injustos) e contra um sistema de saúde injusto. Trabalhei em solidariedade com membros das comunidades negra e latina. Levantar-se contra instituições que abusam continuamente de seu poder para manter pessoas oprimidas merece nossa atenção e vigilância.

Quando tinha 27 anos, usei minha voz para compartilhar a verdade com meus alunos, falando abertamente sobre poder e privilégio. Aprendemos sobre a história do racismo e da resistência. Nós compartilhamos isso com nossas famílias, comunidade escolar e professores.

E AINDA ASSIM, HOJE, CADA VEZ PARECE DIFERENTE.

Estou sempre trabalhando para entender quem eu sou. O que significa para mim ser uma mulher cis birracial negra de pele clara? A atitude assume a forma de estar atenta, perceber a injustiça e questionar os estereótipos. Estou usando minhas lentes antirracistas, descobrindo o que estou vendo e entrando em ação.

Ficar em silêncio não está certo. Não é uma opção. As pessoas negras, multirraciais, indígenas e todes da Maioria Global sofrem preconceito, opressão e morrem todos os dias. Se você é uma pessoa branca, clara (como eu), ou uma pessoa não negra da Maioria Global, use seu privilégio e sua proximidade (ou intimidade) com a caixa de cultura dominante para rachar a própria base de nossa sociedade racista. Se você continuar fazendo isso e provocar mais rachaduras e abalos na estrutura, você vai sacudir tudo para que possa desmoronar.

Atividade 1:

Reserve um momento para fazer uma pausa e uma autoavaliação. Que atitude você se sente confortável em realizar? O que você já fez? O que sente que pode fazer?
Que atitude você se dispõe a fazer que vá além da sua zona de conforto?
O que você precisa para diminuir seu desconforto com essas atitudes? Que tipo de suporte? (E de quem?)

Atividade 2:

Imagine que você tem uma caixa de ferramentas antirracista que carrega consigo. O que está nela e por quê?
Aqui estão algumas das coisas que tenho na minha:
- Caderno e caneta para escrever observações, pensamentos etc.
- Fotografias de minha família e amigues para me ajudar a me conectar e manter contato com as pessoas em quem confio e amo.
- Chocolate e castanhas para uma dosagem rápida de energia.
- Uma garrafa de água reutilizável, porque preciso me manter hidratada.
- Um bálsamo calmante em pomada. Quando fico estressada, a tensão aumenta em meus ombros e pescoço. Isso dói. O bálsamo ajuda a aliviar essa dor.
- Sempre tenho um ou dois livros para ler, e me certifico de que sejam de autores e pessoas da Maioria Global vivendo fora da caixa imaginária.
- Informações sobre meus direitos no meu idioma e nos idiomas das pessoas que posso encontrar onde estou e/ou para onde vou.
- Meu telefone (carregado) para que eu possa me conectar facilmente com outras pessoas e tirar fotos e vídeos.

TRAÇANDO MEU CAMINHO

12

INTERROMPER!

Ter mais informações, novos conhecimentos e fatos, em oposição às narrativas embranquecidas da história, é um bom começo. É apenas um começo. Você não é mais uma pessoa que se adere ao centro da caixa imaginária. Você tem uma grande capacidade de pensar. Este é um de seus superpoderes. Você é capaz de resolver problemas e tomar decisões. Você tem o poder de escolha.

Você é capaz de fazer uma pausa e refletir. Então, vamos fazer isso por um momento.

Pegue seu caderno e sua caneta ou lápis favoritos (gosto de usar uma caneta de tinta de secagem rápida com três cores; normalmente escrevo com azul, mas assim posso ter outra escolha imediata).

Atividade:

QUAIS SÃO OS SEUS SUPERPODERES?

Em alguns minutos, faça uma lista de seus poderes extraordinários. Não os que você deseja ter. Não os que outra pessoa disse que você tem. Mas os superpoderes que você tem e que outras pessoas talvez nem reconheçam. Aqui está o que escrevi: dançar, fazer pão, ler, soletrar, interromper as pessoas para expressar minhas opiniões, compartilhar informações, encontrar coisas. Agora vamos explorar dois deles em detalhes.

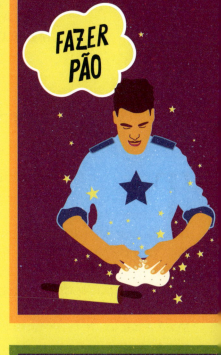
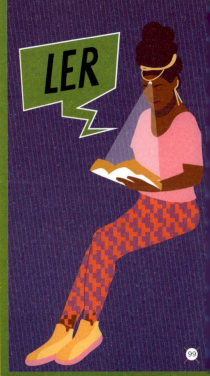

SUPERPODER 1: INTERRUPÇÃO

Muitas pessoas ao meu redor provavelmente discordarão de mim ao compartilhar que um dos meus superpoderes é interromper os outros para que eu possa compartilhar o que está em minha mente. Provavelmente te diriam que isso é irritante, rude ou frustrante. E tenho certeza que para eles é mesmo. Mas aqui está uma coisa sobre este meu superpoder: é realmente muito útil. Tenho que estar consciente de como usá-lo. Se nunca usar esse superpoder, quando chegar a hora de usar minhas habilidades de interrupção, elas podem não funcionar, porque ou estarei sem prática, ou as pessoas não estarão acostumadas a ouvir minha voz. Mas, se interromper constantemente, não há a mínima chance de ninguém me ouvir e de eu ser ignorada.

Eu pratico esse superpoder quando estou em reuniões com outros adultos. É um momento muito bom para fazer isso porque, muitas vezes, os outros adultos com quem estou vão dizer algo que vale a pena interromper. Se ouvir alguém compartilhar um estereótipo ou microagressão, eu interrompo!

Aqui está um exemplo:

Estou em uma reunião com vários outros professores e ouço alguém dizer: **"Bem, não me importa a cor das pessoas. Raça realmente não é um problema na minha sala de aula"**. Eu poderia simplesmente ignorar, mas, porque sei que isso é uma microagressão E porque meu superpoder é interromper, posso tomar uma atitude.

Eu posso ir em frente e intervir. Não preciso esperar que termine seu monólogo. Não devo deixá-lo continuar porque outras pessoas podem começar a concordar e todos começarão a se parabenizar por não enxergarem a raça de outros indivíduos.
Posso dizer:, **"ISSO NÃO ESTÁ CERTO!"**

Você pode começar com frases simples e objetivas, como costumo fazer, e depois continuar, porque todos com certeza estarão ouvindo agora!

"É IMPORTANTE VER E RECONHECER E COMPREENDER QUE SEUS ALUNOS SÃO DIFERENTES. AO TRABALHAR ATIVAMENTE PARA NÃO VER A RAÇA E A COR DA PELE DE SEUS ALUNOS E DE SUAS FAMÍLIAS, VOCÊ OS ESTÁ NEGANDO. ESTÁ NEGANDO SUAS HISTÓRIAS. ESTÁ NEGANDO SUA ORIGEM RACIAL E ÉTNICA. VOCÊ ESTÁ DIZENDO QUE NÃO SE IMPORTA COM QUEM SÃO. VOCÊ ESTÁ TENTANDO FAZÊ-LOS SE ENCAIXAR NA CAIXA IMAGINÁRIA. SUA SALA DE AULA SÓ ENSINA A CULTURA DOMINANTE DA SUPREMACIA BRANCA."

Neste ponto, a pessoa que interrompi não ficará feliz. Algumas outras pessoas na sala também não ficarão felizes. Ninguém gosta de ser acusado de racismo, mas isso precisa acontecer. Também haverá gente na sala ouvindo e concordando. Você não está sozinho, mesmo que seja o único a usar sua voz e falar a verdade no momento.

Tudo bem se as pessoas não estiverem felizes com isso. É normal que fiquem desconfortáveis. O racismo não é uma existência confortável para a população negra, multirracial e indígena da Maioria Global.

CONFORTO NÃO ACABA COM O RACISMO.

Há uma boa chance de a pessoa que interrompi negar que é racista. Ou tentar me dispensar dizendo algo como: "Por que você sempre acha que tudo é sobre raça?". Ou pode dizer algo como: "Você está sendo racista contra os brancos". Pode até dizer algo como: "Você está dizendo que sou racista?", e tentar transformar a conversa em uma discussão sobre como ele não poderia ser racista porque é um cara legal. Não existe racismo contra pessoas brancas. Lembre-se de que racismo é preconceito pessoal E TAMBÉM violações e abuso sistêmico de poder por parte das instituições. Portanto, posso ter um preconceito contra pessoas brancas, mas não existe um sistema que foi posto em prática durante séculos para manter as pessoas brancas oprimidas. Em nossa sociedade, **RACISMO REVERSO NÃO É REAL**. As pessoas vão tocar no assunto de vez em quando e você pode lembrá-las de que o preconceito pessoal é real. No entanto, as instituições continuam a abusar do poder para manter uma base racista contra as pessoas negras, multirraciais e indígenas. Portanto, as únicas pessoas que se beneficiam disso são as brancas. Ao contrário da definição do dicionário, o racismo é mais do que apenas a parcela "preconceito pessoal" da equação.

"AO NÃO SE PERMITIR VER A RAÇA DE ALGUÉM, VOCÊ NÃO ESTÁ VENDO AS PESSOAS INTEIRAS. ESTÁ OLHANDO PARA ELAS ATRAVÉS DE UMA LENTE DISTORCIDA. VOCÊ AS VÊ SOMENTE COMO QUER VER. ESTÁ OLHANDO ATRAVÉS DA SUA LENTE DE CONFORTO. NÃO ESTÁ VENDO SEUS ALUNOS E SUAS FAMÍLIAS COMO ELES QUEREM E PRECISAM SER VISTOS."

Você pode falar sobre a alegação de não ser racista com a citação da ativista política, acadêmica e escritora Angela Davis: "Numa sociedade racista, não basta não ser racista, é preciso ser antirracista".

Depois você pode explicar que vivemos em uma sociedade racista. Não ser racista não mudará nossa situação atual de racismo. Isso pode fazer você se sentir uma boa pessoa. Mas, mais uma vez, reforça o racismo. Não há nenhuma atitude em não ser racista. Você pode estar consciente de não fazer declarações

racistas e você pode até sentir que está fazendo a diferença ao compartilhar uma citação de um poeta africano nas redes sociais. A realidade é: a inação não fará nada além de manter o *status quo*. A ação, a atitude, sendo antirracista, fará a mudança.

Sim, costumo falar sobre raça e, para alguns, pode parecer que só falo sobre isso. Vou continuar lembrando aqueles que são cúmplices do racismo que ele existe e não vai desaparecer. Continuarei a lembrar a todos que o racismo está causando grandes danos à maioria da população global. Eu posso fazer isso. Quanto mais pratico, mais compreensível fico com todes também.

SUPERPODER 2: DANÇA

Eu amo dançar e dançarei praticamente qualquer tipo de música que esteja tocando. Às vezes, saio cambaleando pelo chão. Às vezes, farei uma versão terrível do robô em público, para o constrangimento das pessoas próximas. Às vezes, danço em festas com muitas outras pessoas por perto. Também danço no meio do corredor de cereais do supermercado. Normalmente, danço em casa com minha família ou sozinha. Seja como for, adoro dançar.

Dançar é uma forma de superpoder diferente das minhas habilidades de interrupção.

Reservar um momento para expressar alegria é algo que nem sempre faço. Cuidar de mim não é algo que faço com frequência. Dançar me permite fazer uma pausa, me conectar comigo mesma e com outras pessoas, expressar felicidade e ser livre. Todes merecem ser livres.

TRAÇANDO MEU CAMINHO

13

SOLIDARIEDADE

*CONFIE EM SI MESMO NO MOMENTO
EM QUE ESCOLHER RESISTIR.*

Certa vez, estava em uma sala com mais de cem pessoas debatendo paz e justiça social na educação. Embora estivéssemos na mesma sala, usando as mesmas palavras, nossas definições e entendimentos não eram todos iguais. Isso vai acontecer.

Nossa formação e conhecimento, nosso crescimento e vontade de crescer e nossa posição (ou proximidade com a cultura dominante) afetam a forma como interagimos uns com os outros. Tudo isso nos permite usar nossas vozes ou silenciar a nós mesmos e aos outros. Permite que nossas vozes sejam ignoradas ou ouvidas.

Fui provocada quando uma mulher branca (com autoridade e agência) mencionou, para todo o grupo, que a justiça social é uma ideia. Meu corpo imediatamente ficou tenso porque não concordo com isso. Justiça não é apenas uma ideia. É uma necessidade vital. Nossa sobrevivência depende disso.

Então eu chamei sua atenção (falaremos mais sobre como chamar a atenção das pessoas daqui a pouco!). Usei meu superpoder e falei na frente de todo o grupo de pessoas. Disse a ela: "Não concordo com o que você disse. Justiça não é apenas uma ideia. É uma necessidade vital". Ela imediatamente entrou em modo de defesa e comecei a sentir que não deveria ter chamado sua atenção. E definitivamente não em público.

13 TRAÇANDO MEU CAMINHO - SOLIDARIEDADE

Comecei a me arrepender de usar meu superpoder até que olhei além dela. Notei outra pessoa da Maioria Global na sala. E vi todos que existem fora da caixa imaginária. Estavam balançando a cabeça, batendo palmas e estalando os dedos. Naquele momento, eu era responsável por elas. Eram elas que importavam. Nós importávamos. Não o conforto de alguém.

Há momentos em que você sentirá que o conforto de uma pessoa é mais importante do que a segurança e as necessidades de muitas pessoas. Você é responsável por mudar o momento em direção à justiça e à libertação. Estamos lutando juntos por uma sociedade antirracista.

Britt, uma amiga minha, explica o trabalho da justiça assim: imagine que estamos todos viajando no mesmo lago. Começamos no mesmo lugar e o objetivo final (de justiça e libertação) é o mesmo, mas

ESTAMOS TODOS NO MESMO LAGO.

13 TRAÇANDO MEU CAMINHO - SOLIDARIEDADE

temos meios e ritmos diferentes para chegar onde precisamos.

Algumas pessoas estão em uma lancha. Elas se movem rapidamente, pegando e criando ondas, com um caminho definido e um propósito para chegar ao objetivo final de equidade e justiça. Esse ritmo pode parecer muito rápido para algumas pessoas. Tudo bem.

Outras pessoas estão em uma canoa. Elas remam em ritmo constante e chegam onde precisam ir. Demoram mais que as pessoas na lancha. E tudo certo. Às vezes, são lançadas fora do percurso porque outros elementos e pessoas têm um grande efeito em seu ritmo. Elas também podem se cansar de remar. Outras vezes, podem querer aumentar ou diminuir a velocidade.

E ainda há pessoas que estão nadando. Estão trabalhando em seu próprio ritmo e

13 TRAÇANDO MEU CAMINHO · SOLIDARIEDADE

são muito afetadas por tudo e todes ao seu redor. Elas se cansarão se continuarem nadando em direção ao objetivo sem a ajuda e sem o apoio de outras pessoas.

Esse não é um trabalho para ser feito individualmente. Não pode ser. Trabalhar em solidariedade com outras pessoas é uma maneira incrível de tomar uma atitude e construir poder coletivo para a mudança.

Conforme você continua a se ligar, a crescer em seus superpoderes e a tomar atitudes, você notará que algumas pessoas vão querer colaborar e outras se distanciarão de você. Poderá descobrir que discorda de algumas pessoas sobre como desejam afrontar ou que pessoas com quem você está colaborando podem querer fazer as coisas de maneira diferente. Está tudo bem. Saiba quem você é. Tenha sua visão de mundo. Ouça as pessoas que são impactadas por suas ações e siga em frente.

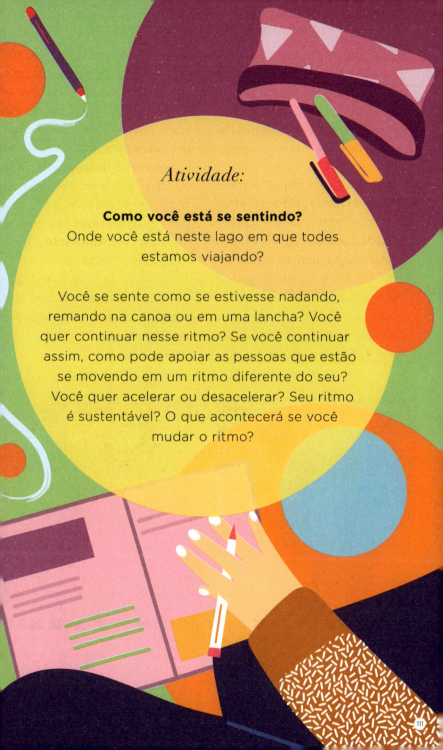

Atividade:

Como você está se sentindo?
Onde você está neste lago em que todos estamos viajando?

Você se sente como se estivesse nadando, remando na canoa ou em uma lancha? Você quer continuar nesse ritmo? Se você continuar assim, como pode apoiar as pessoas que estão se movendo em um ritmo diferente do seu? Você quer acelerar ou desacelerar? Seu ritmo é sustentável? O que acontecerá se você mudar o ritmo?

TRAÇANDO MEU CAMINHO

14

CHAMAR PARA CONVERSAR E CHAMAR A ATENÇÃO

O QUE SIGNIFICA "CHAMAR ALGUÉM PARA CONVERSAR" OU "CHAMAR A ATENÇÃO DE ALGUÉM"? UM DELES É MELHOR QUE O OUTRO?

Se você chamar alguém para conversar, você adverte que seu comentário foi ofensivo ou opressor em particular. Se você chamar a atenção de alguém, você adverte que seu comentário foi ofensivo ou opressor em um espaço público. Vou ser honesta com você, não acho que um seja melhor do que o outro. Eu pessoalmente chamo mais a atenção das pessoas do que as chamo para conversar. É o que me sinto mais confortável fazendo, mas isso não significa que funcionará melhor para você.

Ao longo dos anos, aprendi que muitas pessoas preferem chamar os outros para conversar e serem elas mesmas chamadas para conversar, depois que alguém diz ou faz algo que é ofensivo a um grupo oprimido.

Por exemplo, alguém comenta sobre um colega de classe que é vietnamita-estadunidense: "Você não vai querer um deles no seu time de atletismo. São melhores no laboratório de Ciências."

Se você preferir chamar essa pessoa reservadamente, pode pedir para ela lanchar com você. Então pode dizer que com esse comentário está perpetuando o **"mito da minoria modelo"** e que nem todas as pessoas que têm ancestrais asiáticos são gênios da

Matemática e da Ciência. Você pode explicar que seu comentário generalizou uma grande população do mundo e agrupou as pessoas dos países asiáticos em um grande monólito, como se toda essa gente fosse igual. E isto simplesmente não é verdade. Usar apenas o termo *asiático* para definir todas as pessoas de países asiáticos e seus ancestrais não reconhece as vastas e variadas histórias, culturas e experiências de todes.

Você também pode enviar um *e-mail* ou mensagem e explicar por que e como o que ele disse é ofensivo. Enviar artigos e vídeos que expliquem como tais condutas perpetuam o estereótipo de que pessoas asiáticas só são boas em Matemática e Ciências. E também pode ligar e dizer que ouviu o que ele disse, que isso incomodou você porque estava compartilhando informações incorretas e usando um estereótipo para diferenciar seu colega asiático dos outros da turma.

Chamar alguém para conversar pode ser uma forma bastante eficaz de trabalhar com aquela pessoa para mudar seu comportamento questionável. É mais provável que ouçam o que você está dizendo se for uma abordagem mais gentil. Isso exige que você seja compassivo e invista parte de seu tempo e energia.

Se você decidir chamar a atenção dessa pessoa, alguém estará por perto e testemunhará essa interação. Você provavelmente diria as coisas que acabamos de mencionar e outras pessoas ouviriam.

Chamar a atenção de alguém também pode ser eficaz. Exige que você corra um risco. Você estará chamando a atenção para o comportamento opressor e ofensivo de alguém. Permite que outros ouçam e cria uma maior responsabilidade, pois há mais de uma pessoa envolvida.

Teremos também os momentos em que seremos nós os chamados para uma conversa ou de chamarem nossa atenção. Se você é a pessoa que acabou de ser chamada para uma conversa ou levou uma advertência em público, em vez de se erguer em defesa ou se irritar, pense no que a outra pessoa acabou de dizer. Ouça. Agradeça por seu comentário e reconheça que você ouviu. Use isso como um momento para educar a si mesmo, abra o diálogo e se aprofunde. É assim que todes aprendemos e avançamos. Como disse a poeta, cantora e ativista estadunidense Maya Angelou: "Faça o melhor que puder até saber melhor. E quando souber melhor, faça ainda melhor."

Quer você decida chamar alguém para conversar ou chamar sua atenção, saiba que vai parecer confuso. E vai ser mesmo. Você vai se questionar, perguntando se deveria ter feito isso ou não. Você cometerá erros de vez em quando – todes cometemos. Cada ação que realiza lhe dá a chance de aprender e crescer. Você conseguiu!

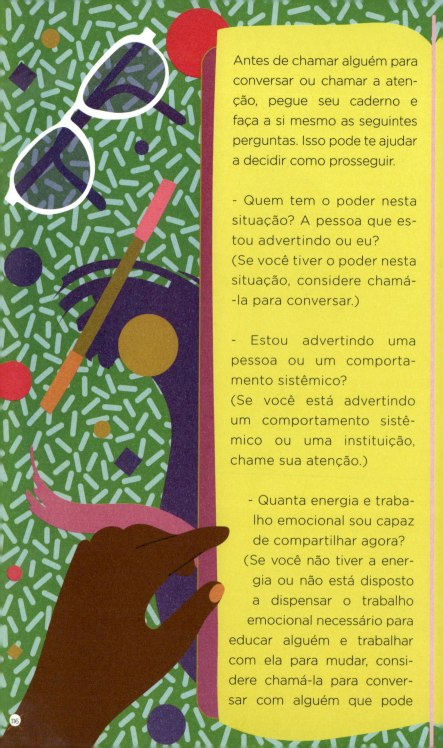

Antes de chamar alguém para conversar ou chamar a atenção, pegue seu caderno e faça a si mesmo as seguintes perguntas. Isso pode te ajudar a decidir como prosseguir.

- Quem tem o poder nesta situação? A pessoa que estou advertindo ou eu?
(Se você tiver o poder nesta situação, considere chamá-la para conversar.)

- Estou advertindo uma pessoa ou um comportamento sistêmico?
(Se você está advertindo um comportamento sistêmico ou uma instituição, chame sua atenção.)

- Quanta energia e trabalho emocional sou capaz de compartilhar agora?
(Se você não tiver a energia ou não está disposto a dispensar o trabalho emocional necessário para educar alguém e trabalhar com ela para mudar, considere chamá-la para conversar com alguém que pode

assumir o trabalho que você não é capaz de fazer no momento. Tenho um amigo que me ajuda quando não tenho capacidade para educar pessoas brancas sobre a opressão racial.)

- É provável que essa pessoa mude seu comportamento questionável? (Se não for, chame sua atenção. Se for alguém com quem você conversou antes e ela ainda estiver repetindo suas ações, chame sua atenção.)

- Quem está no local? A quem devo prestar contas neste momento? Estou centrando as minhas necessidades ou as do grupo? O que acontecerá se eu denunciar esse comportamento? O que acontecerá se eu chamar a atenção dessa pessoa?

- O que eu espero alcançar com essa conversa ou advertência?

MANTENDO A PORTA ABERTA

15

GASTAR SEU PRIVILÉGIO

VOCÊ ESTÁ LIGADO, REFLEXIVO, FEZ UM PLANO E ESTÁ PRONTO PARA TOMAR UMA ATITUDE. ENTRETANTO, AINDA NÃO TERMINAMOS. SOMOS RESPONSÁVEIS POR NÓS MESMOS E PELOS OUTROS.

Mas como você segue em frente? Como pode trabalhar em solidariedade com outras pessoas? Quando colocamos todo o nosso eu na mesa, estamos trazendo nossas diferentes identidades sociais, nossa opressão, nossa agência, nosso poder e privilégio, nossas experiências e tudo o mais que nos torna quem somos.

É muito importante reconhecer a integridade de cada pessoa. Às vezes, suas identidades sociais serão iguais às dos outros. Outras vezes, suas identidades complementarão as de outras pessoas e você – ou elas – serão capazes de usar seu privilégio para se apoiarem. E ainda, outras vezes, suas identidades serão semelhantes às de outra pessoa e você vai precisar notar e reconhecer as diferenças sutis de suas intersecções (volte para a página 21 se precisar relembrar o que é interseccionalidade).

Eu sei quem sou. E ainda estou aprendendo como todas minhas partes fazem de mim uma pessoa completa em nossa sociedade. Sei que há partes de mim que existem fora da caixa e partes que estão dentro da caixa ou que se inclinam para a cultura dominante. Minha pele clara

"GASTE SEU PRIVILÉGIO"

deixa as pessoas que moram dentro da caixa confortáveis. Quando me veem com meus cachos soltos e tons claros de pele negra, veem alguém que poderia ser como elas. E como não falo inglês vernacular afro-americano (***African American Vernacular English - AAVE***), estão mais abertas para me ouvir. Essas são algumas partes de mim que me dão algum acesso à branquitude. Essa proximidade mantém a agência. Manter todo esse privilégio e poder serve apenas à cultura dominante. Isso permite que o racismo continue. Não estou interessada nisso.

Minha proximidade com a cultura dominante é meu poder de desfazê-la. E posso usar isso para manter as portas que se abriram para mim bem abertas para as pessoas que estão nas margens. Você também pode fazer isso – especialmente se for uma pessoa na cultura dominante. A feminista negra e ativista de justiça racial Brittany Packnett nos diz:

Gastar seu privilégio é usar seu poder e mudar a percepção da normalidade. "Usar as mídias sociais para divulgar questões pouco representadas é um bom começo. Mas, quando você pensar que já

gastou privilégios suficientes, é um sinal de que é hora de gastar um pouco mais", escreve Packnett. Se você é um homem cis, use sua voz para apoiar e ampliar a de mulheres trans e suas muitas identidades. Se você é uma pessoa que tem estabilidade econômica, use sua posição para redistribuir e ampliar os recursos de quem vive na pobreza. Se você é uma pessoa branca, gaste seu privilégio compartilhando as vozes de pessoas da Maioria Global, dando espaço para que elas liderem e realmente as ouça. Entrar no modo de defesa e centralizar seus pontos de vista, ao ser chamado para conversar ou ser advertido, sustenta o racismo.

ESCUTE E APRENDA COM AS PESSOAS QUE ESTÃO FORA DA CAIXA DA CULTURA DOMINANTE.

Atividade:

Vamos voltar para a caixa imaginária.

Em seu caderno, desenhe uma caixa. Dentro dela, escreva as identidades que você possui e que fazem parte da cultura dominante. Do lado de fora da caixa, escreva suas identidades que são marginalizadas.

Suas identidades que estão dentro da caixa são onde você detém poder. Este é o privilégio que você pode gastar. Use a agência que vem com essas identidades para trabalhar em solidariedade com todos que existem fora da caixa.

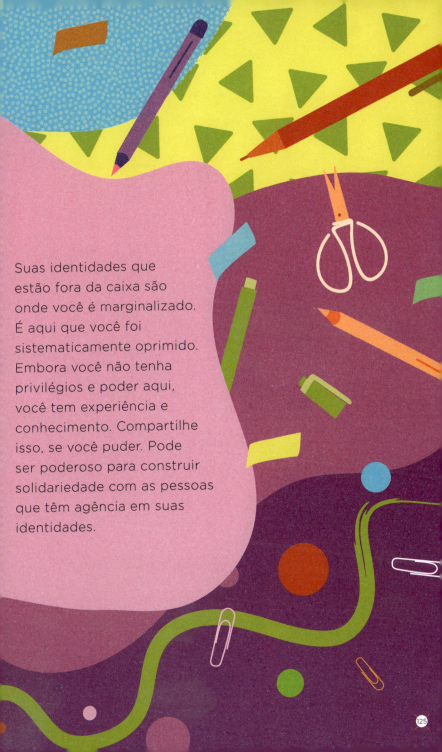

Suas identidades que estão fora da caixa são onde você é marginalizado. É aqui que você foi sistematicamente oprimido. Embora você não tenha privilégios e poder aqui, você tem experiência e conhecimento. Compartilhe isso, se você puder. Pode ser poderoso para construir solidariedade com as pessoas que têm agência em suas identidades.

MANTENDO A PORTA ABERTA

16

SER ALIADO

Precisamos usar nossa habilidade para ver como chegamos até aqui. Então, poderemos analisar como o racismo foi construído e entender por que ainda estamos presos nesta poluição. Isso nos permitirá começar a limpar o ar. Você pode estar pronto para lutar com outras pessoas em busca de uma sociedade antirracista. E agora está se perguntando qual será sua função. Existem diferentes termos para quem se solidariza, como aliado, cúmplice, parceiro, colaborador e co-conspirador. Todos eles têm significados ligeiramente diferentes. Prefiro usar os termos cúmplice e co-conspirador porque me lembram de correr riscos no meu antirracismo!

Faça uma pausa e reflita (esta é uma boa hora para pegar seu caderno!). Quais são algumas coisas que você pode fazer como cúmplice? Como você pode ser um aliado? Aqui estão algumas coisas em que venho trabalhando:

- *Fique com raiva. O racismo prejudica a todos nós.*

- *Continue aprendendo. Continue a aprender o que puder para ser um suporte.*
- *Identifique onde você e sua família exercem influência em seus espaços. Reni Eddo-Lodge, uma autora britânica, escreveu: "Pessoas brancas: conversem com pessoas brancas sobre raça". Minha amiga Katie, uma professora branca da Califórnia, trabalha com outros adultos e crianças brancas para desmantelar a cultura estabelecida da branquitude por meio de oficinas e aulas. Quando uma pessoa branca me questiona, Katie fará o trabalho de falar com essa pessoa em meu lugar. Parece uma coisa pequena, e nós duas sabemos que, por ela ser branca, as pessoas brancas são mais propensas a ouvi-la. E se você não é uma pessoa branca, observe onde você pode ter privilégios (lembre-se de que todos nós temos intersecções diferentes!).*
- *Ouça todes da Maioria Global e acredite em suas histórias. Estamos começando a ver mais representatividade em livros, filmes e na televisão, e na verdade é um crescimento lento. Cerca de 7% de todos os novos livros infantojuvenis são escritos por autores da Maioria Global.*[34] *Pessoas negras, indígenas, asiáticas e latinas ainda estão pouco representadas nos filmes; quase 75% dos papéis centrais em filmes e na televisão são atribuídos a atrizes e atores brancos.*[35] *Assista aos filmes dirigidos por pessoas da Maioria Global, que retratam pessoas negras, indígenas, asiáticas, latines e multirraciais de forma positiva, em vez de estereotipadas, e celebre artistas da Maioria Global. Leia livros escritos por pessoas negras, indígenas e outras pessoas de cor que estão compartilhando #OwnVoices #nossasvozes #nossasvozesimportam.*

16 MANTENDO A PORTA ABERTA - SER ALIADO

- *Redistribua recursos e apoie o trabalho de pessoas da Maioria Global. Você pode doar dinheiro ou tempo para uma organização liderada por e para essas pessoas ou comprar bens (arte, comida, roupas) de empresas de propriedade de pessoas negras, multirraciais e todes da Maioria Global.*

- *Enfrente a violência policial: assista a protestos e reuniões locais quando pessoas negras e multirraciais forem agredidas pela polícia. Traga sua família, amigues, professores e colegas da escola. Realmente há força e poder nos números quando as pessoas se reúnem. Chame a atenção das pessoas que estão no poder.*

- *Identifique o racismo. Sempre questione isso.*

- *Erga a voz para que todes ouçam. Quando você ouvir microagressões, questione-as. Se você ouvir alguém perguntar a outra pessoa: "O que você é?", diga algo como: "Por que você precisa saber?" ou "O que você está realmente tentando perguntar?" ou "Você realmente gostaria que alguém te perguntasse o que você é?", chame-a para conversar.*

- *Se ouvir alguém dizer: "Você é bonita para uma garota negra", diga algo como "Você é muito racista. Só*

porque sua opinião sobre beleza é baseada em padrões eurocêntricos ultrapassados de beleza, não significa que precisa impor para todos nós. Guarde suas palavras racistas para você mesmo e melhore."

- *Se ouvir alguém se referir às pessoas como imigrantes "ilegais", você pode dizer a elas: "Ninguém é ilegal".*

- *Se o seu professor ou o bibliotecário destaca continuamente livros e histórias com personagens brancos, escritos por autores brancos, você pode contar a eles os fatos compartilhados nesta seção e lembrá-los de que compartilhar apenas uma voz e um ponto de vista (o da cultura dominante) nos força a não nos vermos nessas histórias e nos diz que não importamos e que não pertencemos. Defenda mudanças na maneira como as coisas sempre foram.*

- *Se você ouvir alguém dizer: "Eu não sou racista, mas...", você pode usar seu poder de interrupção para impedi-lo de ir mais longe, porque provavelmente dirá algo racista.*

- *Incidentes de bullying racista estão aumentando nas escolas. Esteja vigilante. Reconheça quando ouvir frases racistas e ver abusos. Relate isso ao seu professor, coordenador, diretor, pais ou qualquer adulto em quem você confie e eles o ajudarão. Acolha a pessoa que*

16 MANTENDO A PORTA ABERTA - SER ALIADO

está sofrendo bullying. Pergunte se ela gostaria de almoçar com você ou de ser acompanhada até a aula, para que não fique sozinha.

- *Observe quando você está apreciando a cultura e a obra de pessoas negras, indígenas ou outras pessoas não brancas e quando você está se apropriando dela (tomando para seu próprio uso).*

- *Levante-se contra condutas e ações anti-imigrantes. Você pode ouvir familiares ou pais na escola falar sobre como eles "querem seu país de volta" e querem "torná-lo bom novamente", e você pode discordar deles e denunciá-los por seu racismo.*

- *Esteja atento ao espaço que você está ocupando. Pessoas negras, indígenas e outras da Maioria Global são continuamente silenciadas, questionadas e postas de lado. Se você é uma de nós, ocupe espaço! Sente-se onde quiser. Vá para o início da fila e traga outras pessoas negras e multirraciais com você. Fale primeiro. Se você é uma pessoa branca, afaste-se. Você também pode ajudar outras pessoas brancas a se afastarem, compartilhando com elas por que você não continua ocupando o espaço que sempre lhe foi dado. Você também pode fazer*

uma pausa antes de falar. O mundo está acostumado a ouvir vozes e histórias de pessoas brancas. Mude a narrativa.

- *Converse com pessoas da Maioria Global. Viver em uma sociedade que não quer que você exista é exaustivo.*

Ser um aliado é um trabalho para toda a vida. Como Yassmin Abdel-Magied, apresentadora e escritora sudanesa-australiana, compartilha: "Ser aliado não é algo que você pode ativar ou desativar quando tem uma amiga ou um amigo negro ou multirracial. Lembre-se de fazer isso o tempo todo". Também é confuso, por vezes, e você provavelmente cometerá erros. Acontece. O importante é reconhecer quando está cometendo um erro, quando não está sendo um verdadeiro cúmplice e melhorar isso. O impacto de suas ações é duradouro.

Ser aliado não é sobre você. Não é uma performance ou algo que você faz para conseguir mais curtidas nas redes sociais. É algo pelo qual você está trabalhando para uma sociedade mais justa.

Estou trabalhando nisso, sempre. Lembra-se de como meu superpoder é interromper? Há momentos em que esse superpoder realmente não é útil. Eu me interrompo para ouvir realmente o que outra pessoa está falando. Uma das coisas que estou trabalhando para desfazer em mim mesma é acreditar que o que tenho a dizer é mais importante do que o que os outros estão dizendo. Nossa sociedade me condicionou a pensar que, por ter a pele mais clara e formação universitária, sou superior aos outros. Eu não sou. Estou trabalhando para me descentrar das histórias de outras pessoas. Ouvir quando pessoas da Maioria Global falam é necessário para construir coalizões fortes. Todes nós temos uma história diferente para contar e perspectivas para compartilhar.

Isso nos dá uma compreensão mais profunda de como o racismo afeta todas as nossas vidas.

Vou ser direta: não é função das pessoas da Maioria Global educar pessoas brancas sobre sua opressão. É função das pessoas brancas ouvir, aprender e crescer.

Atividade:

Faça algumas perguntas a si mesmo...

- Quem você vai ouvir?

- O que você vai ouvir?

- Quando você vai ouvir e quando vai interromper?

- Como fará para ouvir verdadeiramente o que está sendo dito?

MANTENDO A PORTA ABERTA
17
CONSTRUINDO RELACIONAMENTOS

O antirracismo é um trabalho para toda a vida. A luta que assumimos agora começou com nossos ancestrais e o que deixarmos para trás será continuado pelos que virão depois de nós. À medida que você assume o compromisso não apenas de acabar com o racismo, mas também de romper ativamente suas bases, está honrando a si mesmo e a todos da Maioria Global. Está construindo relacionamentos de confiança duradouros que são justos e sustentáveis.

Por muito tempo tentei, muito lentamente, mudar uma instituição e levá-la a uma identidade antirracista. Tentei fazer isso sozinha. Compartilhei muito de meu tempo e energia, conhecimento e recursos gratuitamente. Estava exausta, frustrada, com raiva, desanimada e pronta para desistir.

E então encontrei "meus aliados", felizmente. Conectei-me com outras pessoas que fazem trabalhos semelhantes em escolas, especificamente sobre antirracismo. "Meus aliados" são as pessoas em quem posso confiar minha visão de justiça. Eles me ajudam a ser uma pessoa melhor, me desafiando e me afirmando. São pessoas que sempre terão um lugar para mim à mesa.

Nós nos conectamos rapidamente por causa do trabalho que fazemos e estávamos ansiosos para ter alguém que entendesse o que queremos dizer quando falamos sobre racismo.

ESPERO QUE VOCÊ ENCONTRE SEUS ALIADOS.

É PRECISO CONSTRUIR RELACIONAMENTOS SÓLIDOS E CONFIÁVEIS.

Não estou dizendo que você precisa se tornar amigue de todo mundo. Estou defendendo que você trabalhe na criação de relacionamentos igualitários com pessoas com quem você se conecta.

ENTENDA SEU PRIVILÉGIO

A interseccionalidade nos permite perceber que, embora possamos compartilhar identidades sociais, não somos iguais e nossas experiências são diferentes. Eu me identifico como uma mulher cisgênera negra birracial. Existem muitas outras mulheres cisgêneras negras birraciais no mundo. Compartilhamos os rótulos de nossas identidades, e algumas de nossas experiências vividas serão semelhantes e outras não.

Ao longo de todos os meus anos escolares, minha irmã e eu frequentamos muitas das turmas avançadas. Estivemos até no programa de "superdotados e talentosos", o que nos permitiu aprender de forma mais investigativa. Fomos criadas por nossa mãe e família brancas. Nosso distrito escolar nos rotulou brancas. Meus professores percebiam minha cor de pele mais clara e acreditavam que eu era melhor do que meus colegas mais retintos. Demonstraram isso mantendo expectativas mais altas em relação a mim e me incentivando a buscar aulas preparatórias para a universidade. Muitos de meus colegas eram vistos como encrenqueiros e foram encorajados a ingressar no exército ou a cursar aulas mais técnicas.

Como mencionei, minha proximidade com a branquitude me permitiu transitar com mais liberdade por toda a cultura dominante. Sou mais palatável (aceitável) para pessoas brancas. Esse privilégio garantiu que tivesse mais oportunidades durante minha escolaridade – e além dela. Embora fôssemos uma família de classe trabalhadora com raízes de imigrantes, minha irmã e eu pudemos ir para a universidade e ter uma carreira da qual desfrutamos.

Por causa da minha proximidade com a cultura dominante, posso dirigir meu carro sem ter que me preocupar se serei abordada pela polícia por qualquer incidente que não seja um farol ou uma lanterna apagada. Não preciso me preocupar em ser morta pelo policial que me abordou, como fizeram com Philando Castile, ou levada para a prisão como Sandra Bland. As pessoas são mais propensas a acreditar e confiar em mim por causa do meu privilégio. Não sou mais especial do que ninguém porque minha pele negra é mais clara.

Seu privilégio não é algo em que você pensa com frequência. Muitas vezes é invisível até que você tire um momento para ter alguma compreensão e consciência de todo o seu ser. Você não percebe os privilégios porque eles são as partes da sua identidade que são consideradas normais (graças a essa caixa imaginária). Devemos trabalhar ativamente para compreender nossos privilégios em todas as nossas várias identidades.

Atividade:

Em seu caderno, compartilhe uma reflexão. Isso é algo em que você continuará voltando...

Você está consciente de onde tem privilégios e poder porque olhou para suas identidades sociais várias vezes.

Quais privilégios você possui?
Por exemplo, se você é uma pessoa branca, pode escolher ignorar o racismo se quiser. Se você é cisgênero, não precisa se preocupar se as pessoas vão questionar qual banheiro você usa. Se você é cidadão de seu país, não precisa se preocupar em ser detido pelos serviços de imigração.

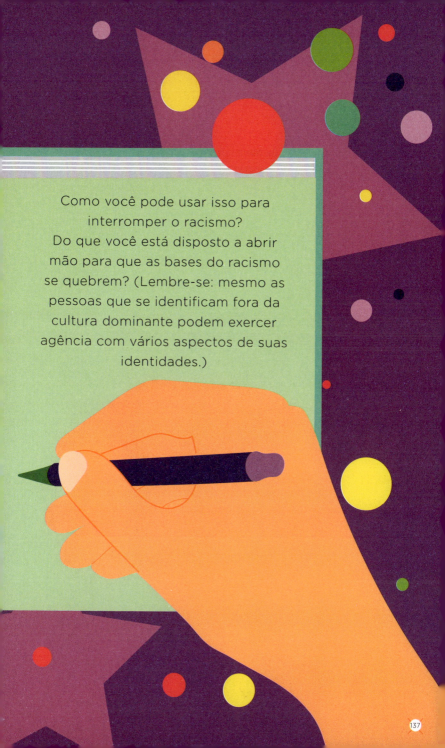

Como você pode usar isso para interromper o racismo?
Do que você está disposto a abrir mão para que as bases do racismo se quebrem? (Lembre-se: mesmo as pessoas que se identificam fora da cultura dominante podem exercer agência com vários aspectos de suas identidades.)

MANTENDO A PORTA ABERTA

18

AME A SI MESMO!

Reconheça quem você é e que está em processo de crescimento e aprendizado. Ame a si mesmo e às pessoas ao seu redor.

Leva tempo para descobrir quem você é e qual é o seu papel na luta antirracista. Essa atuação vai mudar. E você também.

Passei minha vida inteira buscando entender quem sou. Minha cor de pele não mudou, mas minha consciência acerca disso mudou. Assim como minha compreensão de como minha própria história de ser descendente de colonizadores e colonizados impactou a maneira como a sociedade me vê e como eu me vejo.

Saber mais sobre como posso tomar atitudes e trabalhar em solidariedade com outras pessoas me ajudou a descobrir qual é meu papel na luta antirracista. Os momentos em que posso festejar são os momentos em que estou mais pronta e apta para assumir este trabalho. James Baldwin escreveu, em seu livro *Da próxima vez, o fogo*:

"ACEITAR O PRÓPRIO PASSADO – A HISTÓRIA DE CADA UM – NÃO É O MESMO QUE RELEGÁ-LO AO ESQUECIMENTO; É APRENDER COMO USÁ-LO. UM PASSADO CRIADO PELA IMAGINAÇÃO JAMAIS PODERÁ SER UTILIZADO: ELE FENDE-SE E DESMORONA SOB AS PRESSÕES DA VIDA COMO O FAZ A ARGILA NA ESTAÇÃO DA SECA."

17 MANTENDO A PORTA ABERTA - AME A SI MESMO!

Tenho que assumir meu passado e não ser quem a sociedade me condicionou a me tornar. E isso vale para você também. A sociedade vai se empenhar em te colocar na caixa. Algumas pessoas vão dizer que você é muito jovem para fazer a diferença, que deve se concentrar em tirar boas notas e ir para a universidade. Também podem dizer para você ficar quieto, que sua voz não importa. Por favor, não dê ouvidos. Acredite em si. **Eu acredito em você.**

Ame-se e estabeleça limites. Está tudo bem em dizer não. Você tem que se manter seguro e saudável. Você sabe o que é capaz de fazer. Talvez precise de um tempo ou de estar com outras pessoas para recarregar suas energias. A luta antirracista pode ser muito cansativa. Você está constantemente trabalhando contra as normas estabelecidas, que foram definidas por séculos. Você não existe há tanto tempo. Também não há problema em dizer sim e assumir este grande trabalho de desmantelamento do racismo!

Cuide-se! Fique hidratado. Durma bem. Leia um bom livro. Passe algum tempo ao ar livre, aproveite seu tempo com a família e amigues. Celebre a si mesmo.

Meus aliados me honram por tudo o que sou. E eu os celebro e os honro. Temos orgulho de nossas realizações e apoiamos uns aos outros. Falamos nossas verdades e nos ouvimos. Aprendemos uns com os outros. Encontramos alegria sempre que podemos. Dançamos juntos. Nós nos amamos. É assim que resistimos.

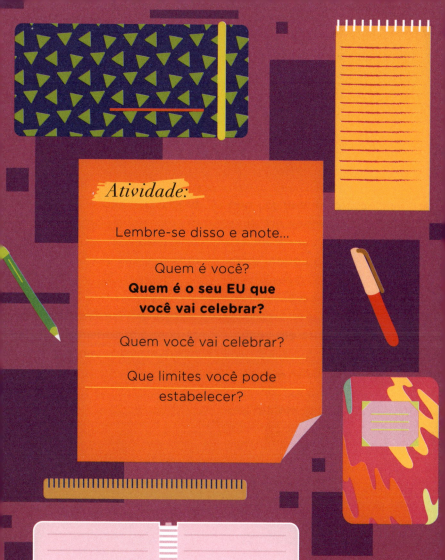

Atividade:

Lembre-se disso e anote...

Quem é você?
Quem é o seu EU que você vai celebrar?

Quem você vai celebrar?

Que limites você pode estabelecer?

Quem sou eu?

MANTENDO A PORTA ABERTA

19 — COMO CRESCEMOS

NÃO DEIXE QUE SEUS ERROS TE DEFINAM. NEM SEMPRE ESTOU BEM. AINDA ESTOU APRENDENDO; ESTOU SEMPRE APRENDENDO.

Eu costumo chamar mais a atenção das pessoas do que as chamo para conversar e isso nem sempre funciona bem para mim quando se trata de construir relacionamentos, especialmente quando estou criticando uma pessoa, e não o sistema.

Certa vez, disse a um amigo branco, na frente de uma sala lotada de outras pessoas, que é mais provável que a comunidade o ouça porque ele é branco e homem (isso é verdade). Não precisava fazer esse comentário naquele espaço, naquele momento. Esse alerta poderia ter sido dado em uma conversa particular.

Nós nos conhecemos há anos e ele está trabalhando para ser um aliado melhor de todes da Maioria Global. Expor ele assim o deixou na defensiva e o afastou de uma conversa que poderia ter sido mais produtiva sobre as maneiras como podemos romper um sistema que sempre acredita que os homens brancos estão acima das mulheres da Maioria Global. Poderíamos ter planejado uma estratégia para ele usar a própria voz e poder que tem em sua posição para amplificar a voz de todes da Maioria Global, e mudar o que sempre foi feito. A exposição impediu nosso trabalho de solidariedade um com o outro. Não nos permitiu ter uma conversa aberta sobre poder e privilégio.

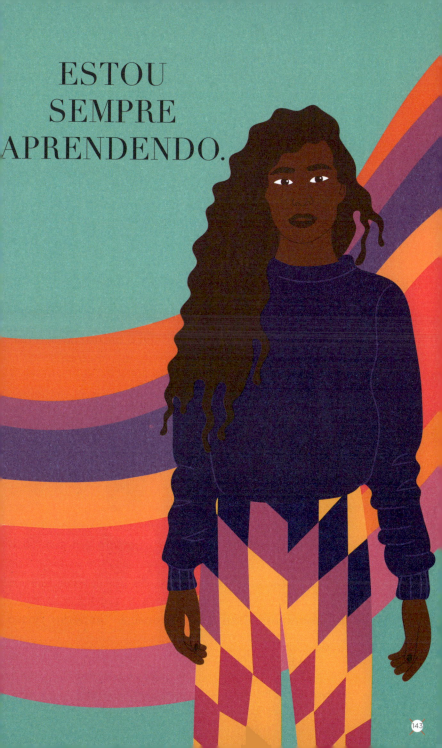

Vou ser direta: não acredito em preservar o conforto das pessoas brancas na luta antirracista.

CRESCEMOS COM NOSSO DESCONFORTO.

Contudo, é importante para mim entender que minhas ações têm um impacto. Quando chamei a atenção de meu amigo, minha intenção era erguer a voz e criar consciência. O impacto foi que demoramos mais para reconstruir a confiança um no outro e não planejamos como ele podia usar seu privilégio de ser um conspirador aliado na mudança da estrutura que coloca os homens brancos no topo da hierarquia.

Peça desculpas quando você cometer um erro. Eu não faço isso com a frequência que deveria. Sou teimosa e nem sempre admito quando estou errada. Todos nós fomos ensinados pela cultura dominante que cometer um erro nos torna membros inferiores da sociedade. Isto simplesmente não é verdade. Todos cometem erros e podemos aprender com eles para ser melhores.

Saiba que, embora suas intenções sejam gentis, o impacto de seu erro é duradouro e afeta pessoas além de você. Ouça as pessoas quando te chamarem a atenção ou para conversar. E aprenda com esses momentos e erros. Trabalhe para não errar novamente e tente não permitir que isso te impeça de continuar sua luta.

Atividade:

Imagino que seu caderno esteja chegando ao fim. E que esteja cheio! Vamos refletir um momento para **reconhecer nossos erros** e crescer com eles.

Qual erro você cometeu ao levantar e erguer a voz? Ou talvez o seu erro tenha sido não erguer a voz?

O que você pode fazer de diferente a próxima vez que estiver em uma situação semelhante?

MANTENDO A PORTA ABERTA

20

LIBERTAÇÃO

"SE VOCÊ VEIO TENTAR ME AJUDAR, ESTÁ PERDENDO SEU TEMPO. MAS SE VEIO PORQUE SUA LIBERTAÇÃO ESTÁ LIGADA À MINHA, ENTÃO LUTAREMOS JUNTOS."

—*Lilla Watson, artista indígena australiana, ativista e acadêmica*

É na luta antirracista que nos libertamos. Nossa libertação virá quando pudermos expressar amor e alegria sem medo, julgamento e punição. Quando nossas instituições forem para todes, não apenas para quem está na cultura dominante. Quando nós, que vivemos fora da caixa, tivermos os recursos de que precisamos para criar nossas próprias instituições, seremos todes livres.

O racismo está profundamente enraizado em nós. Está em tudo ao nosso redor e temos que estar constantemente cientes disso para não sermos consumidos pela poluição. É tão fácil relaxar dentro dele, especialmente se você se beneficia do sistema que foi projetado para você (estou falando com você, pessoa branca, e também com você que se parece branca). Não podemos mais ficar sentados e respirar conscientes do racismo. Temos que usar nossas lentes antirracistas para nos ajudar a ver o mundo com mais nitidez agora. E nós temos uns aos outros.

Nossa libertação está conectada. Não posso desmantelar essa estrutura sozinha. Você não pode quebrar o sistema por si só. Estamos juntos nisso. Nossa capacidade de interromper nossa própria **cumplicidade** com o sistema e o conforto dos outros já começou a criar pequenas rachaduras no sistema racista.

Sua consciência de si mesmo, seu papel na sociedade, seu privilégio e poder continuam a crescer. Sua compreensão de como o racismo passou a ser parte integrante de nossas sociedades globais e locais continua a se expandir. Você é capaz de interromper, afrontar e tomar atitudes

com crescente estratégia e confiança. E você está pronto para trabalhar em solidariedade com outras pessoas. Você é parte de algo grandioso. Você está escrevendo sua história, e também a nossa.

Todes nós estamos em nossas próprias trajetórias para o antirracismo e para a libertação. Essas trajetórias se encontrarão e, eventualmente, se combinarão, mas primeiro temos que percorrer nossos próprios trajetos. Você vai se conhecer bem nessa jornada. E justamente quando souber quem você é, ainda descobrirá algo novo.

Nossas trajetórias são diferentes porque não somos iguais. Mas esses nossos caminhos se encontrarão porque lutamos pela mesma coisa. Pode parecer desconfortável quando nossos caminhos diferentes se conectarem, porque nossas experiências e histórias são diversas. Temos pontos fortes diversos e eles serão úteis à medida que construirmos uma forte coalizão de parceiros de solidariedade...

Atividade:

1. Qual é a sua **visão de justiça**?

Qual será a aparência, como será a sensação e como será quando estivermos todos libertos de nossas formas racistas de existir? Como você imagina que chegaremos lá? Qual será o seu papel nisso?

2. Encontre sua canção, poema ou obra de arte para a qual você poderá sempre voltar porque te inspira a continuar quando estiver cansado. (A minha canção é do Bob Marley, "Babylon system"). Talvez a sua inspiração seja "Juventude antirracista", o poema da próxima página.

JUVENTUDE ANTIRRACISTA

Não tenha medo do terremoto
que faz estrondos no seu estômago
Do seu peito sendo revirado
em ondas pelo forte maremoto
O furacão está aliando sua libertação
com a de todos nós! esse é o momento
A ventania da mudança e do bom tempo
É sua tarefa cósmica e franca
Você não está mais condenado
à sua máscara branca

As chamas que seus ancestrais acenderam
ainda incendeiam através da sua voz
Você tem direito à liberdade
E nunca mais nenhum algoz

Como seu ancestral abolicionista
Você é um jovem antirracista

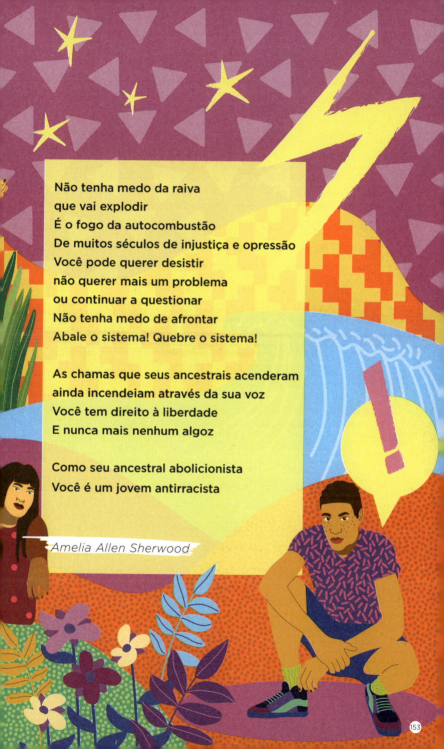

Não tenha medo da raiva
que vai explodir
É o fogo da autocombustão
De muitos séculos de injustiça e opressão
Você pode querer desistir
não querer mais um problema
ou continuar a questionar
Não tenha medo de afrontar
Abale o sistema! Quebre o sistema!

As chamas que seus ancestrais acenderam
ainda incendeiam através da sua voz
Você tem direito à liberdade
E nunca mais nenhum algoz

Como seu ancestral abolicionista
Você é um jovem antirracista

Amelia Allen Sherwood

NOTAS

1. Ao longo da obra original, a autora usou *folx* em lugar de *folks*, assim como *latinx* em lugar de *latins*. No Brasil, termos cunhados com objetivo similar por comunidades e grupos ativistas incluem o sufixo *e* em lugar de *o*, por exemplo: todes, latine(s) e amigue(s). Assim, em diversas passagens, tais formas são usadas nesta tradução para o português, contemplando a escolha de linguagem da autora. (Nota da tradutora)

2. Carl Linnaeus, o zoólogo/botânico sueco, é conhecido como o "pai da **taxonomia**" e é famoso por seu livro *Systema naturae*, publicado em 1735. Ainda hoje usamos seu sistema de classificação de plantas e animais, agrupando a vida em espécies, gêneros, famílias etc. Ele também criou categorias para os humanos, pois foi o primeiro cientista a categorizar sistematicamente as pessoas junto com os animais. Criou cinco categorias para pessoas que se baseavam principalmente na geografia e na cor da pele. John Blumenbach continuou o trabalho de Linnaeus, acrescentou outro agrupamento e observou que as pessoas das regiões do Cáucaso eram, em sua opinião, as mais bonitas. As categorias raciais para as pessoas passaram a ser: caucasiana, malaia, etíope, americana e mongol. Blumenbach usou a beleza física (que é subjetiva) para classificar os diferentes grupos de pessoas. Ele também acreditava que todos seres humanos eram capazes de alcançar a perfeição humana. Isso lançou as bases para a crença no branqueamento – de que as pessoas poderiam se tornar mais brancas com o tempo. (Nota da autora. Daqui em diante, N.A.)

3. Reconheço que o termo *latine* (ou *latinx*), embora lindamente neutro em termos de gênero, continua a impor o eurocentrismo. É uma maneira comum de descrever todes que vivem em (ou têm ancestrais de) países que já foram colonizados pelos espanhóis e por outros lugares de língua latina. O termo *latine* é usado para descrever um grupo grande e variado de pessoas, assim como *asiático* é usado para descrever pessoas do Afeganistão, Japão, Iêmen... e todas as pessoas e lugares entre eles. (N.A.)

4. *On the natural variety of mankind*. J. Blumenbach, 1795.

5. Nem sempre me referi à minha raça como negra birracial. Já usei várias palavras para descrever minha identidade racializada: mista, meio-negra, outra, birracial, multirracial, "meio a meio" e outras. Não gosto da palavra "mista" para descrever pessoas. Ninguém teve que me misturar em uma tigela para me tornar quem eu sou. Quando me deparei com a escolha de marcar minha raça em formulários na escola, minhas opções eram limitadas. Elas geralmente eram: "negro", "branco", "asiático", "nativo americano", "nativo havaiano" e "outros". Muitas vezes escolhi "outros" porque só podia marcar uma opção. "Outros" não me pareceu bom: me fez acreditar que não pertencia a nenhum grupo social; me fez sentir como se estivesse sozinha. Não gosto de me referir a mim mesma como metade de qualquer coisa, porque isso não honra minha integridade. Eu prefiro usar *negra birracial* para descrever minha raça. (N.A.)

6. *Children are not colourblind: how young children learn race*. E. N. Winkler, Ph.D. University of Wisconsin-Milwaukee.

7. 8. "Ainda existe preconceito por aparência no mercado de trabalho". Portal Terra. Disponível em: <https://www.terra.com.br/noticias/dino/ainda-existe-preconceito-por-aparencia-no-mercado-de-trabalho,231d33078b675e-6719cf2100414b1b8bwax0vphx.html>. Acesso em: 2 set. 2020.

9. "A desigualdade racial do mercado de trabalho em 6 gráficos". Nexo Jornal. Disponível em: <https://www.nexojornal.com.br/expresso/2019/11/13/A-desigualdade-racial-do-mercado-de-trabalho-em-6-gráficos>. Acesso em: 2 set. 2020.

10. *"Grenfell Tower fire: who were the victims"*. BBC News. 30 maio 2018.

11. *"Housing market racism persists despite 'fair housing' laws"*. The Guardian. 24 jan. 2019.

12. *"Black Homeownership Drops to All-Time Low"*. Wall Street Journal. 15 jul. 2019.

13. *"Flint: On This Day 4 Years Ago, the Water Crisis Started. The Water Is Still Not Safe"*. The Root. 25 abr. 2018.

14. "Negros são maioria entre desocupados e trabalhadores informais no país". Agência Brasil. Disponível em: <https://agenciabrasil.ebc.com.br/economia/noticia/2019-11/negros-sao-maioria-entre-desocupados-e-trabalhadores-informais-no-pais>. Acesso em: 2 set. 2020.

15. "Do início ao fim: população negra tem menos oportunidades educacionais". Todos pela Educação. Disponível em: <https://www.todospelaeducacao.org.br/conteudo/Do-inicio-ao-fim-populacao-negra-tem-menos-oportunidades-educacionais>. Acesso em: 2 set. 2020.

16. "O desfecho de cinco casos emblemáticos de morte de negros pela polícia no Brasil", Portai R7 [https://cutt.ly/cd8wAhm]

17. 32. *"The state of racial diversity in the educator workforce"*. US Department of Education. Jul. 2016.

18. 22. *"Black Stats: African Americans by the numbers in the Twenty-First Century"*. M. W. Morris.

19. *"Five charts that tell the story of diversity in UK universities"*. BBC News. 24 maio 2018.

20. *"College Enrollment Rates"*, em *The Condition of Education"*. National Centre for Education Statistics. 2019

21. *"How racism in health care has affected minorities over the years"*. ThoughtCo. 18 mar. 2017.

23. "Negros são menos de 18% dos médicos e não chegam a 30% dos professores universitários". Rede Brasil Atual. Disponível em: <https://www.redebra-

silatual.com.br/trabalho/2014/05/negros-no-servico-publico-2996/>. Acesso em: 2 set. 2020.

24. *"Implicit racial/ethnic bias among health care professionals and its influence on health care outcomes: a systematic review"*. W. J. Hall, PhD, et al.. National Centre for Biotechnology Information. 2015.

25. *"Racial bias in pain assessment and treatment recommendations and false beliefs about biological differences between blacks and whites"*. K. M. Hoffman, et al. National Centre for Biotechnology Information. 2015.

26. *"'Unconscious' Racial Bias among doctors linked to poor communication with patients"*. Medical News Today. 16 mar. 2012.

27. *"The influence of implicit bias on treatment recommendations for 4 common pediatric conditions"*. J. Sabin PhD, et al. American Journal of Public Health. 2011.

28. *"How stand your ground relates to George Zimmerman"*. T. Coates. The Atlantic. 16 jul. 2013.

29. *"Facts: racial economic inequality"*. Inequality.org. Disponível em: <https://inequality. org/facts/racial-inequality/>. Acesso em: 2 set. 2020.

30. *History and culture: Boarding schools.* The northern plains reservation aid.

31. *"UK removed legal protection for Windrush Immigrants in 2014"*. The Guardian. 16 abr. 2018.

33. "Para 94% da população brasileira, negros têm mais chances de ser mortos pela polícia". Folha de SP. Disponível em: <https://www1.folha.uol.com.br/cotidiano/2020/06/para-94-da-populacao-brasileira-negros-tem-mais-chance-de-ser-mortos-pela-policia.shtml>. Acesso em: 2 set. 2020.

34. *"Statistics on multicultural literature"*. Cooperative Children's Book Centre. 2017.

35. *"Hollywood diversity report 2018: Five years of progress and missed opportunities"* Dr D. Hunt et al. Social Sciences, UCLA College.

GLOSSÁRIO

AAVE (*African American Vernacular English*): Inglês Vernacular Afro-Americano, dialeto do inglês que é estigmatizado devido à história do racismo na América.

agência: seu poder de fazer mudanças efetivas. É sua capacidade de fazer escolhas e tomar decisões.

antropólogo: cientista que estuda seres humanos, tanto no passado como nos dias atuais. Estudam como as pessoas vivem e interagem umas com as outras, seu idioma, sua cultura e tradições, bem como o comportamento humano na sociedade em que vivem.

assimilação: assumir os costumes, modos e ideias de um grupo dominante para se encaixar.

cisgênero: quando sua identidade pessoal e expressão de gênero correspondem ao sexo que lhe foi atribuído ao nascer. A palavra também pode ser abreviada para "cis".

classe socioeconômica: a hierarquia socialmente construída com base na riqueza econômica e na mobilidade. Normalmente, quanto mais alta a classe, maior a influência e o poder.

colonizador: pessoa que usa seu poder para dominar outro grupo de pessoas que considera inferior. Por meio da colonização, que ocorre quando um grupo assume o controle de outro, o colonizador usa a violência e a manipulação para ganhar e manter poder sobre a terra e seus recursos.

construção social: uma ideia construída/criada pela sociedade, convenção social.

cumplicidade: quando você concorda com um ato prejudicial. Você é cúmplice quando concorda com outras pessoas que estão cometendo uma injustiça.

discriminação: favorecimento de um grupo em detrimento de outro em seus pensamentos e ações (preconceitos conscientes e inconscientes). É o tratamento injusto de pessoas que têm identidades sociais diferentes da sua.

embranquecimento racial: também chamado **clareamento racial** ou **branqueamento racial**, foi uma ideologia amplamente aceita no Brasil e em outros países como a "solução" para o "excesso" de pessoas negras. Simpatizantes da ideologia acreditavam que a raça negra iria "evoluir" culturalmente e geneticamente (como se pessoas negras fossem inferiores), ou até mesmo desaparecer, ao longo de várias gerações, através da miscigenação.

escravidão *chattel*: escravização de pessoas (predominantemente africanas negras) que eram consideradas propriedade, e sua condição de escravizadas era passada de geração para geração.

estereótipo: uma visão comum, simplificada e/ou distorcida, acerca de indivíduos ou fatos.

etnia: sua herança cultural – idiomas, tradições, história ancestral. Não é o mesmo que raça.

gênero: construção social, ou performance, de seu papel em uma sociedade, que é baseada na criação da cultura dominante do que é masculino e feminino. Sua identidade de gênero não é definida pelo sexo que lhe foi atribuído no nascimento.

heterossexual: uma pessoa que se sente atraída sexual, física, romântica e/ou emocionalmente por pessoas de gênero diferente do próprio.

identidade de gênero: o senso pessoal de quem você é; sua percepção sobre seu gênero e a forma como o manifesta. Pode ser diferente ou igual ao gênero que lhe foi atribuído ao nascer.

inferior: ser levado a sentir e acreditar que você é menos do que alguém, que não é bom o suficiente.

instituições: leis, políticas, costumes e procedimentos estabelecidos que fazem parte de nossa cultura e modo de ser.

internalizar: assimilar pensamentos, comportamentos e ações do grupo dominante em suas próprias crenças e valores.

latine: na gramática normativa, usa-se "latina" (gênero feminino) e "latino" (gênero masculino). "Latine" é um termo neutro de gênero, refere-se a todes que são da América Latina e de descendência latino-americana. Pessoas de países e lugares que já foram colonizados pela Espanha e países de língua latina são agrupados no termo.

marginalizado: estar fora da caixa imaginária da cultura dominante e ser tratado como insignificante e inferior. Marginalização é o desempoderamento proposital de pessoas que têm o acesso a recursos e poder restritos e/ou negados.

nacionalidade: sua associação ao país onde você nasceu e/ou onde reside sua cidadania.

não binário: também denominado *genderqueer*, refere-se a pessoas cujas identidades de gênero não se encaixam no modelo binário de gênero criado pela sociedade – masculino e feminino. São pessoas que se identificam como não tendo gênero, ou um gênero entre (ou além) o ser homem ou mulher. É uma categoria bastante diversa e nem todas as pessoas não binárias se sentem da mesma forma.

neurodiverso: termo usado para descrever diferenças neurológicas (como TDAH, autismo, dislexia, síndrome de Tourette); reconhecemos que essas diferenças são de variações genéticas, muitas vezes não são visíveis e que as pessoas que são neurodiversas não estão doentes, malcomportadas ou "defeituosas".

neurotípico: pessoas com desenvolvimento e capacidade intelectual típicas.

opressão: a supressão sistêmica e sistemática de um grupo, ou grupos, por um outro grupo com poder.

orientação sexual: atração sexual, física, romântica e/ou emocional por outras pessoas. É independente do sexo atribuído ao nascer e da identidade de gênero. Atualmente, as orientações sexuais mais conhecidas são: assexual, bissexual, heterossexual, homossexual, demissexual e pansexual.

privilégio: os benefícios, vantagens e poder concedidos devido às identidades sociais compartilhadas com a cultura dominante. Os privilégios são concedidos e favorecidos por instituições e normas sociais que foram criadas por aqueles que se encaixam na caixa imaginária.

raça: termo socialmente construído que divide as pessoas de acordo com a cor da pele e características físicas; não é baseado em fatos científicos e não é baseado na genética.

sistemático: algo metódico e planejado.

sistêmico: algo que acontece em todo um sistema (e instituição) ao longo do tempo.

solidariedade: unir-se com objetivos e ações comuns, e construir uma relação unificada e duradoura com uma pessoa ou grupo.

superior: acreditar que você é melhor do que outra pessoa.

supremacia branca: a crença de que pessoas brancas são superiores às pessoas negras, multirraciais, indígenas e outros povos da Maioria Global porque são brancas.

taxonomia: a classificação de organismos e sistemas na natureza.

todes da Maioria Global: termo de empoderamento centrado nas pessoas negras, amarelas, multirraciais e indígenas que lembra que elas são (numericamente) a maioria das pessoas no mundo.

transgênero: alguém cuja identidade de gênero difere do gênero que lhe foi designado no nascimento.

trauma ancestral: a transferência do trauma dos sobreviventes para as próximas gerações.

viés: sua preferência pessoal a favor ou contra um indivíduo ou grupo. Isso pode interferir no seu julgamento.

BIBLIOGRAFIA SELECIONADA

Livros (em português):

Baldwin, James. *Da próxima vez, o fogo: racismo nos EUA*. Editora Biblioteca Universal Popular, 1967 (Trad. Christiano Monteiro Oiticica)

Coates, Ta-Nehisi. *Entre o mundo e eu*. Editora Objetiva, 2015 (Trad. Paulo Geiger)

Davis, Angela. *A Liberdade é uma luta constante*. Editora Boitempo, 2018 (Trad. Regina Candiani)

Davis, Angela. *Mulheres, raça e classe*. Editora Boitempo, 2016 (Trad. Regina Candiani)

Lorde, Audre. *Irmã outsider: ensaios e conferências*. Editora Autêntica, 2019 (Trad. Stephanie Borges)

Mann, Charles C. *1491: Novas revelações das Américas antes de Colombo*. Editora Objetiva, 2007 (Trad. Renato Aguiar)

Livros (em inglês):

Adams, Maurianne et al (ed). *Readings for diversity and social justice*.

Coates, Ta-Nehisi. *We were eight years in power*.

Cooper, Brittney C. *Eloquent rage: A black feminist discovers her superpower*.

Dunbar-Ortiz, Roxanne. *An indigenous peoples' History of the United States*.

Eddo-Lodge, Reni. *Why I'm no longer talking to white people about race*.

Hurston, Zora Neale. *Barracoon: the story of the last "Black Cargo"*.

Kendi, Ibram X. *Stamped from the beginning: the definitive history of racist ideas in America*.

Malavé, Idelisse and Esti Giordani. *Latino stats: american hispanics by the numbers*.

Morris, Monique W. *Black Stats: African Americans by the numbers in the twenty-first century*.

Olusoga, David. *Black and british: a forgotten history*.

Saad, Layla F. *Me and white supremacy*.

Takaki, Ronald. *A different mirror: A history of multicultural america*.

Tatum, Beverly Daniel. *'Why are all the black kids sitting together in the cafeteria?' And other conversations about race*.

X, Malcolm and Alex Haley. *The autobiography of Malcolm X*.

Documentários:

Bratt, Peter. 'Dolores', 2018.

DuVernay, Ava. '13th', 2016.

Nelson Jr, Stanley. 'The Black Panthers: Vanguard of the revolution', PBS, 2015.

Olsson, Göran. 'The Black Power mixtape 1967-1975', 2011.

Peck, Raoul. 'Eu não sou seu Negro', 2017.

OUTRAS LEITURAS

Não ficção (em português):

Lewis, John. A marcha: John Lewis e Martin Luther King em uma história de luta pela liberdade (graphic novel, 2 volumes). Editora Nemo, 2018-2019 (Trad. Érico Assis)

Stevenson, Bryan. Compaixão: Uma história de justiça e redenção. Editora Red Tapioca, 2019 (Trad. Luciana Monteiro, Claudia da Cruz e Marcela Lanius)

Não ficção (em inglês):

Gates Jr, Henry Louis, com Tonya Bolden. Dark sky rising: reconstruction and the rise of Jim Crow.

Guo, Winona e Priya Vulchi. Tell me who you are: Sharing our stories of race, culture and identity.

Loewen, James W. Lies my teacher told me: Young reader's edition.

Wilson, Jamia e Andrea Pippins. Step into your power.

Zinn, Howard. A young people's history of the United States.

Ficção (em português):

Reynolds, Jason. Daqui pra baixo. Editora Intrínseca, 2019 (Trad. Ana Guadalupe)

Stone, Nic. Cartas para Martin. Editora Intrínseca, 2020 (Trad. Thaís Paiva)

Yang, Gene Luen. O chinês americano. Editora Quadrinhos na Cia., 2009 (Trad. Beth Vieira)

Ficção (em inglês):

Ahmed, Samira. Internment.

Chanani, Nidhi. Pashmina.

Diaz, Natasha. Colour me in.

Dimaline, Cherie. The Marrow thieves.

Parker Rhodes, Jewell. Ghost boys.

Peña, Matt de la. Mexican white boy.

Watson, Renee and Ellen Hagan. Watch us rise.

Zoboi, Ibi (ed). Black Enough: Stories of Being Young & Black in America.

TÍTULO ORIGINAL *This Book Is Anti-Racist*
Texto © 2020 Tiffany Jewell
Ilustrações © 2020 Aurélia Durand
Poema "Anti-Racist Youth" (páginas 152-153) © Amelia Allen Sherwood, em tradução para o
português de Nina Rizzi.
Publicado originalmente em inglês em 2020 por Frances Lincoln Children's Books, um selo de
The Quarto Group, Londres. Todos os direitos reservados.
© 2020 VR Editora S.A.

Créditos das imagens: (páginas 72-73, no sentido horário, iniciando no topo à esquerda)
1. © Wisconsin Historical Society via Getty Images. 2. © CORBIS via Getty Images. 3. © Daily
Herald Archive / SSPL / Getty Images. 4. © Rolls Press / Popperfoto via Getty Images. 5. © Carl
Iwasaki / The LIFE Images Collection via Getty Images/Getty Images). 6. © Haywood Magee /
Getty Images.

DIREÇÃO EDITORIAL Marco Garcia
EDIÇÃO Thaíse Costa Macêdo
COLABORAÇÃO Fabrício Valério e Marcia Alves
PREPARAÇÃO Malu Rangel
REVISÃO Fabiane Zorn e Natália Chagas Máximo
DIAGRAMAÇÃO Victor Malta e Pamella Destefi
PROJETO GRÁFICO Karissa Santos

Dados Internacionais de Catalogação na Publicação (CIP)
(Câmara Brasileira do Livro, SP, Brasil)

Jewell, Tiffany
        Este livro é antirracista : 20 lições sobre como se ligar, tomar
uma atitude e ir à luta! / Tiffany Jewell; [ilustrações Aurélia Durand;
tradução Nina Rizzi]. — 1. ed. — Cotia, SP: VR Editora, 2020.

        Título original: This Book Is Anti-Racist
        ISBN 978-65-86070-18-7

1. Antirracismo 2. Ativismo 3. Diversidade 4. Equidade
5. Identidade de gênero 6. Negros 7. Racismo - Aspectos
jurídicos 8. Racismo -Aspectos sociais I. Durand, Aurélia. II. Título

20-45580   CDD-305.8009

Índices para catálogo sistemático:
1. Racismo : Relações raciais : Sociologia   305.8009
Maria Alice Ferreira - Bibliotecária - CRB-8/7964

Aviso ao leitor: os websites listados nesta obra são de propriedade dos respectivos donos.
A VR Editora não controla os websites citados neste livro e renuncia qualquer responsabilidade
pelo conteúdo deles e/ou por qualquer produto ou serviço disponível em tais websites. Se
optar por acessá-los ou obter serviços através deles, é de sua responsabilidade. Quaisquer
reclamações a respeito dos websites devem ser direcionadas aos respectivos administradores.
Recomendamos que sempre verifique os termos de uso, política de privacidade e quaisquer
outras regras referidas no website antes de utilizá-lo. Este livro é uma publicação traduzida
e adaptada pela VR Editora, originalmente publicada em inglês por Quarto Publishing Plc,
e não foi preparada, aprovada, endossada ou licenciada por qualquer outra pessoa ou entidade.

Todos os direitos desta edição reservados à
VR EDITORA S.A.
Via das Magnólias, 327 – Sala 01 | Jardim Colibri
CEP 06713-270 | Cotia | SP
Tel.| Fax: (+55 11) 4702-9148
vreditoras.com.br | editoras@vreditoras.com.br

Sua opinião é muito importante
Mande um e-mail para opiniao@vreditoras.com.br
com o título deste livro no campo "Assunto".

1ª edição, nov. 2020
FONTES Gotham Rounded 9,5/14PT, Didot LT Pro 14/14pt
PAPEL Offset 120g/m²
IMPRESSÃO BMF Gráfica
LOTE BMF138064